회사에서 짤리면
지구가 멸망할 줄 알았는데

회사에서 짤리면
지구가 멸망할 줄 알았는데

민경주 지음

흥익출판사

"퇴사 이야기는 이제 한물 가지 않았니?"

퇴사한 뒤의 일상에 대해 글을 쓰고 있다는 이야기를 하자 한 친구가 나에게 한 말이다.

실제로 그렇다. 우후죽순처럼 나오고 있는 직장생활 일화, 퇴사에 대한 이야기는 너무 많이 나온 탓에 다들 비슷비슷해져서 이제는 크게 감흥이 오지 않는 것이 사실이다.

하지만 응당 회사를 다녀야 하는 우리는 가슴속에 늘 사표를 품고 산다.

퇴사한 직장인 100명이 있다면 100명마다 다른 사연이 있다. 어느 날 갑자기 사표를 내는 사람도, 차근차근 창업이나 이직을 준비해 사표를 내는 사람도, 하루아침에 정리해고를 겪는 사람도, 스스로 사표를 낼 때까지 괴롭힘 당하는 사람도 있다.

이렇게나 다른 이유로 퇴사를 맞이한 사람들의 삶은 어떻게 달라질까?

각자의 달라진 삶을 다시 세우기 위해서 어떤 행동을 하게 되고 어떤 상처를 받게 될까?

이 이야기는 아무 준비 없이 퇴사를 맞이한 뒤 재취업 외의 다른 길을 찾아보고자 분투한 나의 기록이며, 그 과정에서 겪을 수밖에 없었던 마음고생을 다시 돌아보고자 쓴 글이다.

퇴사 후에 찾아오는 인생 대역전극이나 기적 같은 성공 스토리는 없다. 다만 하루하루를 버티면서 쓴 글이 생각보다 많은 사람들에게 공감을 받았고, 정말 운이 좋게도 책까지 내게 된 어느 글쟁이의 이야기가 있을 뿐이다.

조금 음울하고 어두운 이야기, 누군가를 미워하는 못된 마음이 담긴 이야기들이 간간히 나오겠지만 너무 진지하지 않게, 가까운 친구의 일기를 보는 기분으로 가볍게 읽어주면 좋겠다.

부족한 글을 책으로 내자고 먼저 연락 주시고 구성을 다듬어주신 홍익출판사의 모든 분들, 너무 우울해지지 않도록 내 이야기를 들어주고 자신의 이야기를 해줬던 친구들, 다양한 일에 도전할 수 있도록 지지하고 기다려준 가족들, 마지막으로 내가 글을 계속 쓸 수 있도록 다양한 방법으로 응원해준 모든 분들께 진심으로 감사드린다.

2019년 8월

민경주

Contents

Part 1
퇴사 후에 오는 것들

Part 2
퇴사하고 뭐 하세요?

Part 3
도전에는 실패가 따르지

Part 4
퇴사 후에 맞는 역풍

Part 5
바닥과의 조우

Part 6
다시 쌓아올리기

Part 1

퇴사 후에 오는 것들

서른 살 겨울, 나는 잘렸다

서른 살. 포털 사이트 메인에 소개되는 사람들은 억대 연봉을 받다가 자신의 꿈과 비전을 놓칠 수 없어 회사를 박차고 나오는 나이라지만, 나는 코딱지만 한 회사에서 쥐꼬리만 한 월급을 월급날 정확하게 받지 못해 찔끔찔끔 밀리면서 받다가 결국 방출 통보를 받게 되었다.

회사는 13억 원을 투자받았다.

마침 두 번이나 동결로 지나간 연봉 협상이 찾아올 시기라 기대하는 바가 매우 컸다. 우리 팀은 회사의 투자 IR(Investor Relation)에 필요한 자료(이미지, 글, 영상 등등)를 만들어주고 투자자들이 회사를 검색하면 바로 긍정적인 소식을 볼 수 있도록 보도자료를 언론사에 뿌리는 일을 하고 있었다. 거기에다 회사 사정이 어렵다 보니 모종의 이유로 무너져버린 영업파트의 일도 돕고 있었다.

기본적으로 해야 하는 일도 빠뜨리지 않으면서 '광고비 한 푼 지원받지 못하는 마케팅 팀'치고는 소소한 성과도 그럭저럭 내고 있었다. 곧 투자가 마무리되면 '마케팅 비용을 팍팍 지원받는 마케팅 팀'이 될 테니 앞으로 어떤 방식으로 회사와 서비스를 알릴 것인지 설계를 하라는 지시가 떨어져 야근을 해가면서 필요한 자료를 찾고 정리하고 있었다.

그런데 웬걸, 연봉 협상 기간에 퇴사 통보를 받게 되었다.

사실인지 알 길은 없지만, 투자자는 투자를 해주는 조건으로 회사 구조조정을 요구했다고 한다. 소프트웨어를 파는 회사에서 개발자들에게 손을 댈 수 없었을 테니 잘라도 당장 지장 없을 것 같은 사람을 찾다가 선택된 것이 나였을 것이다.

마침 그 투자를 담당해 구국공신이 된 투자 담당 이사는 내가 하고 있는 일을 자신이 맡아보고 싶다며 강력하게 어필하고 있었다. 글을 쓰고 싶단다. 글 쓰는 센스는 둘째치고 기초적인 맞춤법도 자주 틀리던 사람이었다. 언제나 다른 사람의 일은 쉬워 보이는 법이다.

투자 이후의 마케팅 방안을 설계해오라고 하던 대표는 회의실로 나를 불러 이제 그 일을 저 이사가 담당하게 되었으니 나가라는 이야기를 빙빙 돌려서 말했다.

"정말 제가 하고 있는 일을 저 사람으로 대체할 수 있다고 생각하세요?"

"그 생각을 안 한 것은 아닌데, 본인이 밤을 새워서라도 하겠다고 하네요."

누군가가 '그 생각을 안 한 것은 아닌데'라면서 문장을 시작한다면 십중팔구 발생할 문제에 대해 깊이 고민해본 적이 없다는 뜻이다. 그보다, 내가 하던 일을 경험이나 지식이 없어도 '밤을 지새우는 노오오력을 한다면' 아무나 할 수 있다고 생각한다는 뚜렷한 증거였다. 더 이상 나의 존재와 지금까지의 성과를 어필하거나 그가 그 일을 할 수 없는 이유에 대해 설명할 필요가 없었다.

대다수의 다른 직원들은 연봉 동결 통보를 받았다. 나를 포함해 이미 두 번이나 밀린 직원도 있었다. 그는 잘리지 않았지만 세 번째로 연봉 협상이 결렬되는 초유의 사태를 맞이하고 말았다. 그 문제에 대해 강력하게 항의했지만 대표는 그렇게 화를 내는 것은 평가받는 사람의 태도가 아니라며 오히려 그를 나무랐다고 한다.

평가란 무엇인가.

표준국어대사전은 '물건 값을 헤아려 매김, 또는 그 값. / 사물의 가치나 수준 따위를 평함. 또는 그 가치나 수준'이라고 설명하고 있다. 어디에도 평가의 방향이 일방적이라는 설명이 쓰여 있지 않지만, 누군가의 위에서 일하는 사람들은 자주 그 사실을 잊어버리는 모양이다.

하지만 어쩔 도리가 없다. 돈과 시스템을 쥐고 움직이는 사람은 그들이었다. 직원이 아무리 강력하게 주장해도, 설사 그 말이 맞는 말일지라도 등기이사를 이길 수는 없다. 회사란 그렇다. 아니, 세상이 그렇다. 그렇게 공정하게 굴러가지 않는다. 서른 살쯤 먹었다면 당연하게 타협해야 하는 사실이다.

결국, 지금까지 하고 있던 일의 주인이 내가 아니었다는 사실을 그제서야 깨달았다.

이들은 기업의 족장과도 같은 존재에 의해 볼모로 잡혀 있으면서도 자신이 주인이 아니라는 사실을 깨닫지 못한다.

(중략)

운전자들이 급작스레 방향을 선회하며 계약 조건을 바꿀 때 당신은 따를 수밖에 없다. 선회한 방향이 도산이나 과실 책임으로 향하는 절벽일 경우 그 가라앉는 배는 당신 것이 된다. 정말로 이러한 관례를 맺고 싶은가?

엠제이 드마코, 《부의 추월차선》에서

풍랑을 만났을 때 배가 너무 무겁다며 선원을 바다에 던지는 선장,

내가 그동안 일하면서 회사로부터 받은 것은 월급밖에 없는 것 같은데, 심지어 그동안의 고생에 대해 아무것도 보상받은 적이 없는 것 같은데, 나는 영문도 모른 채 바다로 던져지고 있었다. 이런 선장 밑에서 계속 버틴다고 해서 언젠가 내가 보상이라는 것을 찾을 수 있을까.

차라리 잘된 일이라고 결론 내리기로 했다.

언제까지 나와야 하냐고 물어보니 내일까지 나오라는 의외의 답변을 들었다. 구질구질한 기간이 없어서 좋긴 하지만 '이렇게 아무 대책 없이 나가도 되는 걸까'라는 생각이 들었다. 회사에 남아 담당자의 부재를 온몸으로 맞이할 남은 사람들을 생각하니 조금 걱정이 되었다.

이별, 그날 밤

회사가 정리해고를 한다는 것은 한 사람만 내보낸다는 뜻이 아니다.

해고 대상에는 나보다 더 오랫동안 회사에 헌신적으로 몸 담으면서 회사가 나름 이름을 알리는 데 결정적인 역할을 한 사람도 있었다. 다들 여러 이유로 해고 대상에 선정되었다. 어떻게 생각하면 당연한 이유도, 불합리한 이유도 있었지만 우리는 어차피 침몰하는 배였다며 본의 아니게 빠르게 탈출하게 된 서로를 축복했다.

마지막 날이라고 출근은 했으나 더 이상 새로운 업무를 맡지 않는 사람이 회사에서 할 수 있는 일은 그리 많지 않았다. 연락하던 거래처에 퇴사 소식을 전하고 누가 시키지도 않았지만 인수인계 문서를 작성했다. 갑작스레 쓰려고 보니 무슨 일을 어디서부터 어디까지 설명해야 할지 감이 오지 않았다. 당장 하고 있던 일 위주로 생각나는 데까지 정리해 공유했다.

'이걸 모르는 사람이 이 일을 맡고 있다면 그건 회사가 굉장히 심각한 상황이라는 뜻입니다'처럼 개인적인 감정과 비문이 마구 섞여 들어간 인수인계 문서. 훗날 그 문장이 들어간 부분에서 문제가 발생했고, 민 팀장은 이 일을 어떻게 처리하고 있었는가에 대한 회의까지 열렸다는 이야기가 풍문으로 들려왔다.

사람도 많지 않은 회사에서 퇴사를 맞이하는 사람이 나를 포함해 다섯 명이 넘으니 분위기가 전반적으로 어수선해 아무도 업무를 볼 수 없는 상태가 되었다. 그리하여 퇴사하는 사람과 남게 된 사람들이 차를 마시러 나가는 것이 그날의 주요 업무가 되었다.

거짓말을 많이 한 날이었다.

입사한 지 얼마 안 된 사람에게는 해고당한 것이 아니라 다른 직무를 제안받았으나 퇴사를 선택한 것이라 했고, 입사 때부터 같이 지냈던 옆 팀 팀장에게는 사실 따로 생각한 일이 있다며 '빅 픽쳐'를 가지고 있는 척했고, 나의 담당 이사에게는 사실은 괜찮지 않으면서 잘된 일이라고, 원하는 바였다며 기쁜 척했다. 팀원들에게도 사실은 그들과 헤어지는 것이 가장 가슴 아프지만 그 문제에 대해 아무렇지 않은 척했다.

떠날 시간이 되어 사람들에게 인사를 돌리고 나오는데 회사 사람들이 모두 엘리베이터까지 나와 배웅을 해주었다. 울어주는 사람도 있었다. 나는 이런 종류의 환대가 어색하다. 갑작스레 많은 사람들의 관심을 받으니 부담스럽기 이를 데 없었지만, 사람이 좋아서 힘들어도 버텼던 회사에서 그래도 많은 사람들에게 사랑받는 사람이었다는 생각이 들자 그만 나까지 눈물을 보일 뻔했다.

나름 각별했던 팀원과 지하철 입구에서 악수를 하고 내려와 스크린 도어 앞에 서자 그제야 눈물이 터져 나왔다. 젠장, 안 울 줄 알았는데, 휴지라도 좀 챙겨 올 걸. 드라마나 영화 속 주인공들은 이런 상황에서 눈물 한 방울 또르륵 흘리면서 예쁘고 멋지게 울던데 내 눈물은 지저분하게도 콧물을 동반했다. 급한 김에 바리바리 싸든 짐 속에서 후드 티 소매만 꺼내 눈물과 콧물을 닦아냈다. 쇼핑백에서 소매만 길게 뽑아 눈물을 닦고 있는 모습은 참 이상한 광경이었을 것이다.

다 큰 남정네가 사람들 많은 곳에서 울고 있다는 사실이 부끄러워 다른 생각을 하려고 했지만, 오히려 그런 노력을 하고 있는 내 모습이, 그런 상황이 너무 분해서 울컥하는 느낌만 더 강하게 올라왔다.

영화 〈조제, 호랑이 그리고 물고기들(2003)〉의 주인공들은 정말 예쁘게 사랑하고 난 뒤, 처음부터 계획된 일이었던 것처럼 덤덤하게 이별한다. 그 후 남자는 예전부터 자신을 좋아해주던, 누가 봐도 더 예쁘고 멋진 여자를 만나다가 갑자기 주저앉아 엉엉 흐느낀다.

슬픔은 그 순간보다 조금 더 늦고 길게 찾아온다.
잠깐만 힘들고 깔끔하게 끝낼 수 있다면 좋을 텐데.

달리는 지하철에서 눈물을 흘려 보니, 지하철에서 울고 있거나 곧 울음이 터질 것 같이 상기된 얼굴을 한 사람들이 한 사람씩 눈에 보이게 되었다. 어떤 날은 신기하게도 앞에 앉은 사람이 울고 있어 고개를 돌리니 옆에 앉은 사람도 울고 있었던 적이 있었다.

이렇게 울고 있는 사람이 많은데 왜 그동안은 보이지 않았을까. 우리는 살면서 얼마나 많은 눈물을 참고 있었던 걸까. 산타할아버지는 치사하게 울면 선물을 주지 않겠다며 어리고 연약한 영혼을 협박하기까지 한다.

각자의 이유로 힘들고 슬픈 사람들을 어떻게 위로할 수 있을까. 사람마다 눈물을 흘리는 이유가 다르듯, 해결책도

천차만별일 것이다.

그러나 그날 밤에는 나의 슬픔을 해결할 수 있는 어떤 방법도 떠오르지 않았다.

회사는 인생을 책임져주지 않습니다

알람을 껐는데도 늘 일어나던 시간에 눈이 떠졌다.

평소대로라면 주전자에 물을 올리고 그라인더로 커피콩을 갈면서 잠을 깨기 위해 노력했겠지만 이제는 그럴 필요가 없었다. 일상이 바뀌어버렸다는 사실은 눈을 뜨면서부터 생생하게 느껴졌다.

멍한 상태로 텔레비전을 봤다. 꽤 오랫동안 오전의 텔레비전을 보지 않았음에도 아침마당도, 무엇이든 물어보세요도, 심지어 드라마에서 시어머니가 심술을 부리는 모습마저도 내가 기억하고 있는 아침 방송의 풍경과 달라진 것은 하나도 없었다. 달라진 것은 딱 하나. 내가 회사를 가지 않고 아침 방송을 보고 있다는 사실 뿐이었다.

평소보다 한참 느린 속도로 아침을 먹고 커피도 내려 먹고 뉴스도 보면서 충분히 빈둥거리다가 책상에 앉았는데 회사 출근보다 이른 시간이었다. 평소에 지하철에서 얼마나 많은 시간을 보내고 있었는지를 새삼 실감했다.

막상 앉으니 무엇을 해야 할지 떠오르지 않았다. 퇴사 이후 어떻게 놀 것인지 생각하기에는 너무 급작스럽게 퇴사를 맞이했던 것이다. 다른 사람들은 퇴사하면 뭘 한다고 했더

라. 대부분은 갑자기 여유로워진 시간을 이용해 해외여행을 떠난다고 했는데. 그런데 퇴사일에 맞춰 비행기표를 구매하기에도, 어디를 갈 것인지 생각하기에도 나의 퇴사 준비기간은 너무 짧았다.

스쳐 지나갔던 수많은 사람들의 퇴사 후 희망 계획들을 기억해보다가 첫 직장의 동기가 떠올랐다.

주말도 없이 하루에 15시간씩 일하던 정신 나간 노동 강도를 자랑했던 광고대행사에 나와 나란히 입사했던 그 친구는, 퇴사를 하게 된다면 침대 옆에 피자 한 판, 콜라 한 병을 두고 하루 종일 자다가 눈 뜨면 피자를 먹고 다시 자다가 눈 뜨면 먹는 일을 반복하고 싶다고 했었다.

그렇다. 피자는 잘 모르겠지만 나에게 필요한 것은 충분한 잠일 지도 모르겠다는 생각이 들었다.

침대에 몸을 넣으니 과연 얼마 지나지 않아 꿈의 세계 닿는 듯했다. 그러나 잠들만하니 어디선가 나를 찾는 전화벨이 울렸다. 몇 달 동안 왕래가 없어서 퇴사 소식을 깜빡하고 전달하지 못한 거래처였다. 원래 연락하던 사람이 아니라 새로 담당하게 된 사람이었는데, 몹시 히스테릭한 목소리로 제휴 계약 내용 관련해 문의전화를 했노라고 밝혔다. 그녀의 상사로부터 그 문제에 대해 한 소리 듣고 전화한 것이 틀림없었다.

비몽사몽간에 갈라진 목소리로 죄송하지만 퇴사를 하게 되어 그 문제에 대해 알아볼 수 없다고 대답하니, 그녀는 퇴사를 할 거라면 다음 담당자를 연결해주고 가야 하는 것 아니냐며 나에게 화를 냈다.

저도 어쩔 도리가 없었는 걸요. 아니 그 전에 그쪽에서도 담당자 바뀐 거 나한테 말 안 해준 것 같은데. 사과는 하기 싫어 무슨 대답을 해야 할까 말을 고르고 있는데 그녀가 먼저 바뀐 담당자의 연락처를 물어봤다. 애석하게도 그 업무를 같이 봐주던 사람도 나와 같은 날 퇴사했다.

결국 누가 내 일을 받았는지 나도 알 수 없으니 회사 고객센터로 연락해보라며 번호를 불러주는 것으로 통화가 정리되었다. 상대도 나도 황당한 상황이었다. 자세한 사정을 이야기하지 않았으니 상대는 나를 무책임하게 사표내고 도망친 사람으로 볼 것이고, 그렇게 생각하니 화가 났다.

내가 하던 일은 어디로 사라졌을까.

그 일에 대한 나의 책임은 또 어디로 사라졌을까.

회사에 전화를 해 어디로 갔는지 물어볼 수도 없는 노릇이었다.

회사뿐만 아니라 함께할 사람을 결정할 때 가장 중요하게 생각하는 덕목 중 하나는 '책임감'이다. 물론 사람을 원하는 대로 움직이는 최고의 원동력은 돈이겠지만 대부분의 기업은 그렇게 풍족하게 지원해줄 수 없으므로 일에 대하여 책임감을 가지고 있는 사람들의 양심을 이용한다.

기업이란 수많은 사람들의 책임감으로 꾸역꾸역 굴러가고 있다 해도 과언이 아닐 것이다. 그런데 회사가 개인에게 제공해야 하는 책임은 어디까지일까.

오랫동안 일한 사람에게 그 기간에 상응하는 퇴직금을 주어야 하며 스스로 나가는 것이 아니라면 실업 급여를 제공해야 한다는 법이 있지만, 법은 기업에게 그 이상의 책임을 요구하지는 않는다. 그다음부터는 도덕의 문제다.

잘 지켜지는 것 같지는 않지만 사실 한국 정도면 정규직 노동자에 대한 보호가 '비교적' 잘되는 편이다. 어느 날 갑자기 책상이 치워지는 일은 해외에 비해 덜한 편이라고들 한다. 물론 나는 겪고 말았지만.

그래서 그런지 회사는 주어진 업무 이상을 요구하는 경우가 많다. 직장 상사가 괜히 집에 가기 싫을 때 같이 사무실에 남아 일찍 가는 부하 직원에게 꼬장을 부리고, 뜬금없이 회식을 하자며 술을 같이 마셔야 하는 상황을 만드는 등 이미 삶의 많은 부분을 회사에 쏟고 있는데 그 이상의 삶을 회사를 위해 써주길 아무렇지 않게 요구한다. 그들이 삶을 유지하는 동력을 쥐고 있다는 이유만으로.

그런 노력을 기울이면서 살아감에도 불구하고, 회사가 사원의 인생을 책임져주길 기대하는 것은 아이돌에게 팬의 인생을 책임져주길 요구하는 것과 비슷한 정도의 신기루가 아닐까. 기대와 책임은 방향만 다른 말이 아니다. 그 둘은 놀랍도록 먼 곳에 존재하는 개념이다.

아직도 활동을 하고 있는 아이돌 그룹 '신화'의 멤버 김동완은 그들의 1기(아주 오래전 일일 것이다) 팬미팅 자리에서 팬들을 향해 '신화는 팬 여러분의 인생을 책임져주지 않습니다'라는 멘트를 날려서 구설수에 올랐었다. 당시에는 자신을 맹목적으로 사랑해주는 팬들에게 그런 말을 한다는 것이 거대한 충격이었지만, 아이돌 문화가 안정적으로 정착한 지금에 와서는 모두가 맞는 말로 인정하는 희대의 명언이 되었다.

내가 회사를 아무리 사랑해도,
회사가 나의 인생을 책임져주지 않는다.

당연한 이야기지만 회사생활을 하다 보면 너무 익숙해져서 잊어버리고 기대하고 마는 것이었다.

다음 회사를 빨리 알아보기보다 나라는 사람을 어떻게 사용하는 것이 스스로를 만족시킬 수 있는지를 먼저 고민해야겠다는 생각이 들었다. 어디 속하는가 보다 '무슨 일을 할 것인지'를 우선 결정해야 했다.

퇴사자의 평가법

연봉 협상은 직장인의 꽃, 알파요 오메가다. 월급을 동력으로 살아가는 직장인들의 삶의 질을 결정하는 척도요, 자신이 어떤 길을 걸어왔는지를 설명하는 지표가 되면서 평소에는 별생각 없이 살다가도 애매한 사이의 친구들을 만날 때 비정상적으로 커지는 자존감 문제와도 연결되는 중요한 수치다.

그러나 나는 슬프게도 3년 넘는 직장생활 동안 연봉 협상이라는 것을 해본 적이 없다.

첫 번째 직장은 근무한 지 1년이 넘었는데도 경영진이 '우리 정도는 많이 주는 편'이라며 침묵했고, 두 번째 직장은 첫 직장의 연봉과 비교했을 때 너무 많이 올려 받았다는 이유로 면접 때 합의했던 금액보다 깎아서 들어갔다. 당시 정말 더 이상 취직을 하지 않으면 부모님께 용돈을 받아야 할 정도로 돈이 떨어진 터라 어쩔 수 없이 들어갔지만, 그때의 패씸함 때문인지 그곳에서는 일 년을 채우지 못하고 나오고 말았다.

세 번째 직장의 연봉협상은 계속 밀렸다. 분명 채용 공고에는 일 년에 연봉 협상을 두 번씩 진행하고, 꽤 높은 인상폭을 자랑한다는 곳이었는데, 첫 번째 시기는 아직 입사한 지 얼마 되지 않았다며 조용히 넘어갔고 일 년이 지난 후에는 회사 자금 사정이 영 좋지 못하다며 다음 분기로 넘어갔다.

그즈음 실의와 배신감에 빠진 사람들을 위해서였는지 연봉 협상 정책을 바꾸었는데, 한 분기에 한 번씩 성과가 좋은 사람들을 대상으로 연봉 협상을 진행하겠다는 파격적인 조건을 내걸었다. 그러나 그 후로 두 번, 즉 반년 동안 아무도 좋은 소식을 듣지 못했고 꽤 큰 금액의 투자를 받았음에도 불구하고 대부분의 사람들은 연봉 동결 또는 정리해고 소식을 들어야 했다.

처음부터 끝까지 회사라는 단체에게
거짓말만 들으면서 살아온 셈이다.

특히 마지막은 회사의 이익과 발전을 위해 공헌한 바가 있음에도 보상은커녕 최악의 형태로 뒤통수를 맞은 터라 기가 막히지만 중소기업이라는 게 다 그런 모양이다라고 생각하게 되었다.

하지만 중소기업은 사이즈가 작다는 이유로 '업무의 특수성'을 들며 법적인 제재를 요리조리 피해갈 수 있다. 첫 직장에서 한 동료가 심한 근무 일정을 견디지 못하고 노동법 이야기를 꺼내자, 대표는 이미 다 알고 있다는 듯 노동청 사이트에 들어가 직원 수 몇 명 이하의 사업장에는 그런 법이 적용되지 않는다는 관련 내용을 보여주었다.

대기업한테 갑질당하면서 돈도 많이 못 받고 충격적인 노동 환경 속에서 사람답게 못 살아 매일 눈물로 베갯잇을 훔치는 사람들은 대부분 작디작은 중소기업에서 일하는 사람들인데 왜 그런 법이 존재하는 걸까?

월급을 올리지 못하는 것도 큰 문제였지만 내 일에 대한 평가를 받을 수 없다는 점이 가장 안타까운 일이었다. 말이 팀장이지 3년 차, 다른 곳이라면 아직 평사원으로 사수 밑에서 일을 하는 것과 배우는 것 사이에 있을 상황에 말도 안 되는 책임을 짊어지는 일을 하던 사람으로서 윗사람들이 나를 어떻게 생각하는지, 앞으로 어떤 식으로 일을 해야 더 효율적일지 논의해보는 것도 개인의 발전을 생각하면 매우 중요한 일이니 말이다.

그러나 결국 그 답은 듣지 못하고 회사와 이별하고 말았다. 나는 회사로부터 평가받을 권리조차 박탈당했다. 이미 방출이 결정된 시점에서 그들이 해줄 수 있는 말은 위선으로 포장한 좋은 말들 밖에 없었을 것이다. 그 자리에서 충고한

답시고 나에 대한 악평을 시작하면 온갖 해코지를 해놓고 나갈 수도 있으니까.

오랫동안 시간을 들여 작성해야 하는 테스트를 보고 나서 그 해석을 듣지 못하는 것만큼이나 갑갑한 일이었다. 해고를 선택한 것을 보면 그들의 평가 기준에 미치지 못한 것이리라 추측할 뿐이었다.

그런 결론을 내고 우울해 하고 있을 때, 거래처에서 전화가 왔다. 정확히는 거래처의 사람이었으나 중간에 다른 곳으로 이직한 사람으로, 처음 보는 날에는 분명 존대를 했는데 두 번째 볼 때부터는 은근슬쩍 말을 놓는 타입의 사람이었다.

"민 팀장, 잘 지내셨습니까."

"네, 이사님, 좋은 데로 이직하셨다면서요. 축하드려요."

"아니 뭐 축하할 것 까지야. 어디, 회산가?"

"아… 못 들으셨나 본데 제가 퇴사를 하게 됐어요. 집이에요."

"아니, 그 얘기는 들었는데 다음 직장 구했냐 이 말이야."

회사 나온 지 일주일도 안 됐는데…

놀고 있다고 하니 소개해줄 곳이 있다며 이력서를 한 통

보내보라고 했다. 당장 일하고 싶은 마음이 없고 조금 쉬고 싶다고 하니 정확히 직무가 어떻게 분리되는지, 회사에서 당신과 하던 일 말고 다른 업무는 어떤 것을 하고 있었는지 등등 호구 조사를 실시하고는 나중에 이야기하자며 통화가 정리되었다.

단순히 헤드헌팅을 하려고 한 것인지, 영업맨이기에 소식을 듣고 근황을 캐물으며 새로운 거래처를 뚫기 위해 연락을 해온 것인지는 알 수 없지만 적어도 같이 일하는 거래처에서는 '나를 제법 괜찮게 생각했구나'라는 안도감이 들었다.

그리고 나의 일을 평가하는 주체가 꼭 내가 몸담은 회사만 있는 것도 아니며, 그들이 정확하게 사람을 평가하는 능력도 없다는 생각이 들었다.

첫 직장의 선배는 술을 먹을 때마다 나에게 제발 회사에서 정치를 하라며 정치의 중요성을 역설했다. 그분의 지론에 따르면 회사에서 정치질을 바탕으로 한 호감이 있어야 사람들이 자신의 말을 중요하게 경청하며, 이는 아이디어 싸움인 광고판에서 성공할 가능성을 높여준다는 것이었다. 기본적으로 실력도 좋았지만 가끔 혀를 내두를 정도로 높으신 분들의 비위를 잘 맞추는 사람이었다.

사람 평가는 언제나 주관적일 수밖에 없다.

직장인이라면 더 높은 평가를 위해, 자신의 업무 성과를 끌어올리기 위해서라도 정치질을 해야 한다. 어느 회사를 가도 실력에 비해 높은 직책, 또는 많은 월급을 가져가거나, 하는 일에 비해 상사에게 이쁨을 받고 남들이 누리지 못하는 혜택까지 받는 사람들을 만나볼 수 있다.

윗사람과 아랫사람의 평가가 크게 갈리는 사람은 대부분 일을 잘하는 사람이 아니라 사회생활을 잘하는 사람들이다. 뭐라고 할 것이 아니다. 그것 또한 대단한 능력이다.

나는 일과 정치 둘 다 못하는 사람이지만, 적어도 일은 잘했다는 위로를 받고 싶었다. 그리하여 같이 일을 해본 거래처에서 나를 '일 괜찮게 하는 사람'으로 기억한다는 사실이 꽤나 만족스러웠다.

그런데 그 후 그에게서 다시 연락이 오는 일은 없었다. 역시 동태 파악을 위한 전화였음이 틀림없다.

관공서가 무서운 나이

나의 전 직장 인사 팀은 일을 참 잘했다.

나보다 먼저, 건강상의 이유로 퇴사하게 된 나의 팀원은 마지막 퇴근길에 갑자기 물어볼 것이 생각나 사내 메신저에 들어갔더니 그 30분 사이에 접근 불가한 인물이 되었다며 그들의 빠른 행정 업무에 경의를 표한 바 있다.

이는 나에게도 똑같이 적용되어 나 역시 퇴사일 저녁부터 메신저에 접속할 수 없는 사람이 되어 있었다. 회사를 다니면서 일적으로든 개인적으로든 많은 사람들과 대화를 나누었는데 이제 대화는커녕 그 기록도 확인할 수 없게 된 것이다. 이럴 줄 알았다면 좋은 대화는 백업이라도 해둘 걸. 기록이 없는 기억은 시간이 지날수록 더 빠르게 잊혀지는 법이다.

회사와의 관계 단절은 메신저뿐만 아니라 국가와 나의 관계에도 영향을 끼쳤다. 국민연금, 국민건강보험 등 회사를 다니고 있다면 회사가 알아서 해주던 업무가 처음부터 끝까지 나 혼자의 힘으로 처리해야 하는 일이 되어 고스란히 돌아왔다.

처음 집으로 고지서가 날아왔을 때는 그냥 회사에서 나온 사실이 맞는지 물어볼 겸 공지하는 내용인 줄 알았다. 대충 훑어보고는 그런가 보다 하고 넘겼는데, 다시 한 번 고지서가 날아왔을 때 나는 국민건강보험료를 납부하지 않은 불량시민이 되어 있었다.

소득이 하나도 없는 상황인데 이럴 수가 있나? 하며 알아보니 내 나이가 30살이 넘었기 때문에 소득이 없어도 보험료를 납부해야 하며, 부모님과 함께 살 경우 부모님 밑으로 피부양자 등록을 따로 해야 납부를 하지 않게 되는 것이었다. 그리고 이 내용은 첫 번째로 왔던 고지서에 친절하게 적혀 있었다.

국가기관에서 내 이름으로 뭐가 날아온다면 꼼꼼하게 읽어봐야 한다는 사실을 그제서야 깨달았다. 그리하여 근처의 국민건강보험 민원실로 이런저런 서류를 들고 방문하게 되었다.

기분이 썩 좋지는 않았다.

생면부지의 창구직원에게 '나이 서른이 넘은 제가 또 망해버리는 바람에 소득이 0이 되어버렸어요! 그래서 부모님 밑에서 지내고 있답니다!'라고 고백하러 가야 하는 상황이니 말이다.

민원실에는 사람이 참 많았다. 민원실이라는 이름부터가

뭔가 문제가 생겼을 때 찾아가는 곳이니만큼 다들 세상 억울한 표정으로 자신의 순서를 기다리고 있었다.

"이거 신고하시려면 혼인 관계 증명서가 필요해요. 청구서에도 적혀 있었을 텐데… 못 보셨어요?"

"저는 결혼한 적이 없어서 필요 없는 서류인 줄 알았어요."

"미혼인 건 저희도 확인할 수 있는데, 이혼 내역까지는 안 나오거든요. 30대가 되면 결혼했다가 이혼한 사람들이 생기기도 하니 서류가 필요해요. 주민센터에서 받아서 여기 팩스로 보내세요."

하루 종일 불만이 가득한 고객들을 만나는 것 치고는 매우 상냥했던 창구 직원은 나 같은 사람이 많다는 듯 미리 프린트된 쪽지를 한 장 건네주었다. 거기에는 서류를 보낼 팩스번호와 추가로 필요한 서류의 목록이 적혀 있었고, 내 경우에는 '혼인 관계 증명서'란에 동그라미가 쳐져 있었다.

그렇구나, 보통 30대가 되면 결혼을 하는 것이 보편적이구나, 나는 아직 제대로 된 연애를 해본 적도 없는 것 같은데… 쪽지를 받으며 새삼 우울해졌다.

미국의 영화배우 아담 샌들러가 잘나가던 시절에 찍은 영화 〈웨딩 싱어(1998)〉에서는 주인공이 파혼당한 뒤 남의 결혼식 피로연에서 술에 취해 노래를 부르다가 신세를 한탄하는 장면이 나온다.

　노래 가사가 대충 이랬다. '나는 우리 이모네 다락방에 얹혀 산다. 그래서 미래가 없다고 파혼당했다.' 그러고는 하객들을 향해 욕을 하다가 제이 가일즈 밴드The J.Geils Band의 'Love Stinks'를 부른다. 직역하자면 사랑 같은 구린 것 개나 주라는 노래.

　영화를 볼 당시에는 파혼당하고 엉망이 되어 민폐를 끼치고 다니는 주인공을 보여주는 장면 정도로 받아들였는데, 주인공만큼 나이를 먹고 나니 이모네 다락방에 얹혀 산다고 고백하는 것에 정말 많은 의미가 있다는 사실을 알게 되었다. 그리고 내가 그랬다.

　다른 또래 친구들은 결혼도 하고 독립도 하고 차도 사고 집도 사고물론 은행이 산다고 표현하긴 하지만 사회인이라면 응당 실천해야 한다는 업적을 하나씩 달성하고 있다는데 나는 어떤 것 하나도 제대로 돌아가고 있는 것이 없는 것 같았다.

　그럼에도 불구하고, 내가 부끄럽든 말든 서류를 뽑아서 보내야 했다. 어지간한 문서는 지하철에 있는 민원 자판기에서 뽑았던 기억이 있어 인근 역을 찾아갔더니 혼인 관계 증명서는 그곳에서 뽑을 수 없고 인근 주민센터에 직접 방문해서 뽑아야 한단다. 직원분이 굳이 주민센터라고 말한 데는 다 이유가 있었다. 집과 애매하게 먼 거리에 있는 골목을 돌아 주민센터를 방문해야 했다. 비가 추적추적 내리는 날이었다.

아무것도 없는 깨-끗한 혼인 관계 증명서를 발급받아 팩스를 보내야 했다. 우리 집에는 프린터기도 없는데 팩스는 어떻게 보내야 하는가. 회사에서도 팩스를 보낸 적이 거의 없었다. 보내야 한다면 잘 알고 있는 직원에게 부탁했던 것 같다. 인터넷으로 보낼 수 있다는 기억이 있어 찾아보니 해외 서비스를 이용해야 돈을 내지 않을 수 있었다. 이제 더 좋은 기술이나 방법도 많은데 온갖 행정기관은 왜 아직도 팩스를 이용하는 걸까. 전 세계적으로 전자문자는 법적인 효력을 인정하지 않기 때문이라고 한다.

인터넷에 떠도는 정보들을 조합해 팩스를 보냈는데 이게 제대로 도착했는지 확인할 길이 없었다. 이 서류가 도착하지 않는다면 나는 두 달 동안 내야 할 세금을 내지 않은 불법 납세자가 되는 것이고, 다시 한 번 '제가 아직도 소득이 없는데요…'라며 고백하러 또 가야 할 수도 있었다.

마음이 불안해져 전화까지 해보았으나 팩스가 도착했는지는 당신들도 확인이 불가능하고 나중에 한 번에 취합해 처리하니 기다리라는 답변을 받았다. 하루가 지나니 잘 해결되었다고 문자가 왔고, 그 후로 국민건강보험에서 나를 찾는 일은 없었다.

예전에도 이런 일이 있었다.

어느 날 갑자기 세금을 100만 원가량 덜 냈으니 어서 납부하라는 고지서를 받게 되었다. 너무 당황스러워 어떻게 해야 할지 몰라 인사 팀에 가져가니 당시 인사 팀장은 같이 이것저것 알아봐 주면서 이렇게 말했다.

"괜찮아요, 모든 서류는 돌릴 수 있답니다~"

그리고 정말 그렇게 되었다. 이직하면서 무슨 신고를 잘못했는지 전전 직장의 소득이 두 번 계산된 것이었다.

결국 혼자 알아서 해결해야 하는 일이고 실제로 그랬으나 저런 말을 듣는 것만으로도 상당히 안심이 되었다. 누군가가 괜찮다는 말을 해주는 것만으로도 그렇지 않은 일이 그렇게 느껴질 때가 있다. 그게 위로의 힘이며 그렇기에 사람에게는 사람이 필요하다. 정말이지 나의 전 직장 인사 팀은 일을 잘하는 사람들이었다.

이번에도 문제를 해결하게 되어 안도의 한숨을 내쉬었지만 이 모든 일이 내 나이가 30이 넘어서, 이제는 어른이 되었기 때문에 일어난 사건들이라는 생각이 들었다.

어른이 된다는 것은 무엇일까.

이런 일이 일어나지 않도록 하는 것이 어른일까, 이런 일이 일어났을 때 태연하게 처리해내는 것이 어른일까. 이제 '미혼'이라는 단어에 안 한 건지 했다가 돌아온 건지 증명해야 하는 '어른'이건만, 아직도 나는 행정 업무를 만나면 덜컥 겁부터 먹게 된다.

Part 2

퇴사하고 뭐 하세요?

정리하는 백수

비록 회사는 나가지 않지만 아침에 일찍 일어나는 습관을 버리면 안 되겠다는 위기감이 있었다. 일찍 자고 일찍 일어나는 새 나라의 어린이가 되기에는 이제 나이를 너무 많이 먹어버렸으니 둘 중 일찍 일어나는 것만이라도 실천해야 할 것 같았다.

할 일이 없는데도 일찍 일어나는 일은 매우 외로운 일이다. 심심해서 단톡방에 헛소리를 적어 두어도 회사를 다니는 친구들은 오전 업무를 처리하느라 바쁘고 프리랜서 친구들도 대부분 밤에 일을 하고 오전을 잠으로 채우기에 별 응답이 돌아오지 않는다. 이 나이에 대놓고 놀고 있는 친구는 흔치 않다. 적어도 놀고 있다면 오전에 깨어 있지 않는다.

오전이라는 시간은 이렇게나 애매한 시간이다.

무인도에 앉아 있는 로빈슨 크루소가 된 기분이었다. 적어도 로빈슨 크루소는 프라이데이라는 소통 가능한 친구가 있어 험난한 무인도의 삶을 개척해나갈 영감이라도 얻었지, 내 곁에는 황당할 정도로 말귀를 잘 못 알아듣는 AI 스피커가 함께할 뿐이었다.

"퇴사하고 나서 심심하면 뭘 해야 할까?"

"무슨 말씀을 하시는지 잘 모르겠어요."

"심심하다니까?"

"'심심할 때 듣는 음악' 플레이리스트를 재생합니다."

그래, 음악만이 나라에서 허락한 유일한 마약이니까.

하릴없이 방구석에 앉아 있으니 책상과 책장처럼 평소 아무렇지 않게 지나가던 풍경이 눈에 들어왔다. 그러고 보니 회사를 다니기 시작한 이후 책상과 책장을 정리한 기억이 없었다.

더 이상 들어갈 수 있는 공간을 찾지 못한 책들은 책장 밖에 쌓여 있었고, 책상에는 더 이상 본래의 기능을 수행할 수 없는 사무용품들이 잔뜩 쌓여 있었다. 그렇게 정리하는 하루가 시작되었다.

쓰지 않을 물건들과 중고로도 팔리지 않을 책들을 골라내면서, 언젠가 쓸 일이 있을 것 같아 버리지 않은 물건은 결국 쓰이지 않는다는 사실도 새삼 깨달았다.

꼭 물건뿐이랴. 사람 또한 '언젠가 만나겠지'라고 생각하면서 평생 만나지 못하는 일이 비일비재하다.

홍상수의 영화에는 술자리에서 개똥철학을 늘어놓는 장면이 참 많이 나온다. 감독 자신이 술자리에서 많이 그러는 모양이다. 그의 작품 〈잘 알지도 못하면서(2008)〉에서는 여러 사정으로 지방을 방문한 주인공 유준상이 오랫동안 연락이 없던 친구 공형진을 우연히 만나 술을 마시게 된다.

술자리를 파하려는 분위기가 조성되자 공형진은 '우리가 다시 만나기까지 10년이 넘게 걸렸다. 어쩌면 우리가 얼굴을 보는 마지막이 될지도 모른다'며 바쁜 일 없으면 술을 더 마시자며 억지로 자신의 집으로 유준상을 데려가는 장면이 나온다.

영화에서는 별별 헛소리와 이상한 사건이 끊이지 않지만, 나는 이 장면이 가장 오랫동안 기억에 남았다.

일상적이지 않은 누군가를 오랜만에 만날 때는 그게 그 사람을 보는 마지막일지도 모른다는 생각을 하면서 대해야 한다. '그게 마지막인 만남'이 더 많지만 우리는 그것들을 하나하나 의식하고 기억하지 못하기 때문이다.

그래서 나는 가끔 연락이 닿지 않던 누군가를 만나게 될 때 공형진의 대사를 떠올리곤 한다.

'이게 우리 평생 마지막일지도 모른다니까.'

나는 편지나 엽서를 꽤 많이 주고받는 편이다. 여행을 갈 때마다 그때 즈음해서 생일을 맞이했다거나 고마운 일이 있었다거나 그냥 당시에 친하게 지내고 있다던가 등등 다양한 이유로 선정된 서너 명에게 엽서를 보낸다. 가끔 엽서를 받은 친구들이 자신이 놀러 갔을 때 답장이라기보다는 답 엽서를 보내주는데, 그것들을 버리지 않고 한 곳에 모아 두고 있다.

정리를 하다가 그 상자를 발견했다. 그러고 보니 엽서를 받은 지도 참 오래되었다. 상자에 엽서가 들어가는 것이 아니라 나오는 것은 참 이례적인 일이었다. 2000년대에 잠깐 유행하던 타임캡슐을 개봉하는 기분이었다.

요즘 시대에 연인 관계가 아니고서야 손편지를 쓰는 사람은 흔치 않지만 나는 삶을 통틀어 연인이 있었던 적이 매우 드물기 때문에 주로 동성 친구와의 편지, 특히 군대에서 주고받은 편지가 많았다. 다른 부대에서 내가 있던 부대로 온 편지도 있었다.

매우 시시콜콜한 이야기들이었다. 여행지에서 보낸 엽서에는 지금 있는 여행지가 어떻다는 이야기, 군대에서 온 편지들은 누군가에 대한 강렬한 미움과 자신이 처한 상황에 대한 신세 한탄이 주를 이루고 있었다.

편지를 하나씩 읽어보고 근처에 있던 앨범도 꺼내 소소했던 20대에 스쳐 지나간 친구들을 기억해보았다. 불과 어제 만나 술을 마신 친구, 사진 속 모습보다 20킬로그램 정도 살이 쪄버린 친구, 그 시절에는 매일 볼 정도로 가까웠지만 각자의 위치로 달려가느라 멀어져 이제는 새삼 연락하기 뻘쭘해진 친구까지.

모두 다른 방향으로 가고 있기에 취업, 결혼 등 보편적인 업적의 달성 여부도 제각기 달랐다. 놀라울 정도로 빠르게 취직하고는 결혼까지 내달린 친구가 있는 반면, 아직도 취직이라는 것을 못 해본 친구도 있었다. 그렇다고 어느 방향이 틀렸다고 말할 수는 없을 것이다. 제각기 움직이고 있을 뿐이다.

자연스럽게 나를 돌아보게 되었다.

지금은 방향이 아니라 움직임 자체가 없어서 슬픈 상황이라는 생각이 들었다. 물론 백수의 삶은 행복 그 자체지만, 돈은 점점 떨어지고 그로 인해 삶의 질도 자꾸만 떨어지고 있기 때문이었다.

하지만 목적 없이 움직이는 것은 에너지 낭비다. 일단은 움직일 방향부터 최대한 빨리 결정해야겠다는 생각을 하면서, 컴퓨터에 있는 사진첩을 뒤적거렸다. 물론 그날 하루를 또 그렇게 탕진해버리고 말았지만.

맹렬한 추위

퇴사 후의

나는 전문 작가나 만화가는 아니지만 전용 작업실을 가지고 있다. 사실 어디 가서 있어 보이려고 작업실이라고 부르는 것이지, 친구들과 놀기 위한 아지트를 가지고 있다고 표현하는 것이 더 적절할 것이다.

매일같이 카페에서 만나 깨작깨작 그림을 그리던 동네 친구들과 카페에 쓸 돈을 모아 차라리 어디 공간을 빌리는 것이 좋지 않겠냐는 생각으로 시작한 프로젝트로, 모두가 그렇게 큰돈을 쓰면서 만들 생각이 없어 최대한 낮은 가격을 알아보다 보니 다 쓰러져가는 붉은 벽돌 상가 건물의 꼭대기 층을 계약해버렸다.

건축 연도가 우리 나이와 비슷하다.

가격은 비루한 우리의 삶을 감안한 '오백에 삼십'이다.

처음 들어갈 때는 벽지도 다 뜨고 곰팡이까지 피어 있는 데다가 비가 오면 창문 틈으로 물도 새는 공간이었으나, 각고의 노력 끝에 나름 예쁘고 감각적이며 30대 어른들의 유흥질에 최적화된 공간으로 만들어냈다. 게임기부터 시작해 빔 프로젝터, 그를 위한 사운드 시스템과 각종 조리 도구까지 갖추고 있다.

웹툰 작가를 하고 있는 친구가 공간을 만들어가는 과정을 정리해 페이스북에 올렸는데 해당 게시글이 공전의 히트를 기록하며, 수많은 채널들이 구독자를 늘리기 위해 불법으로 퍼가는 콘텐츠가 되었다. 아지트라는 것은 누군가에게 퍽 로망인 모양이다.

어느 사설 인테리어 업체는 자신들이 인테리어를 맡은 것처럼 써놓기도 했다. 만약 우리가 인테리어 업체였다면 불같이 분노하며 법적 대응까지 고려했겠지만 일개 소시민이었기에 그저 신기한 경험으로 생각하면서 그냥 넘어가기로 했다.

글을 올린 웹툰 작가 친구는 훗날 아지트 건설기를 웹툰으로 그렸지만 페이스북에서 떴을 때만큼의 따봉페이스북의 '좋아요' 버튼과 조회수를 벌어들이지는 못한 모양이다.

여기까지만 들으면 친구들 간의 훈훈한 공간을 완성한 이야기인 것 같지만 사실 그리 아늑한 공간은 아니다.

내 나이만큼 오래된 건물은 겨울에 외풍이 들어 야외용 등유 난로 정도가 들어와야 따뜻해진다. 그리하여 실내 공기의 질은 최악으로 치닫는다. 꼭대기 층인 탓에 여름에는 뜨겁게 달궈져 무슨 짓을 해도 더위가 가시지 않는 공간이 만들어진다. 에어컨을 틀어도 가끔은 밖이 더 시원할 정도다.

가운데 큰 창이 있지만 아래층에 있는 성인 PC방의 에어컨 파이프가 창문 한가운데를 가로질러 설치되었으며 창문 바로 옆에 노래방 네온 간판이 있어 밤에 불을 끄면 미러볼이 필요 없는 싸이키 조명을 만끽할 수 있다. 정말 같은 공간을 쓰는 사람들을 배려하지 않는 동네라고 할 수 있겠다.

아지트의 최근 모습

얼마 전 두 모바일 부동산 업체가 같은 타입의 주거공간을 다르게 해석한 캠페인을 동시에 내놓으면서 비교 대상이 된 적이 있었다. 네온간판의 불빛이 집으로 들어오는 난리 나는 환경 속에서 한 업체는 이제 이사 갈 때라며 앱을 찾는 상황을 보여주고, 다른 업체는 그 또한 풍류라며 나답게 살기를 이야기했다.

실제 그런 환경에서 살고 있는 거주자는 당연히 전자의 편을 들 수밖에 없다. 지랄 맞은 것을 젊음의 열정과 감성으로 포장하는 것은 기업과 기성세대의 잘못된 편견 중 하나라고 생각한다. 불편한 것은 불편한 것이다.

슬프게도 지금의 험난한 시대를 살아가는 나의 친구들 역시 고용 불안 속에서 각자의 백수 기간을 이 공간에서 보냈고 이제 내 차례가 찾아왔다. 작년 겨울에 아지트에서 몸과 마음 모두 추운 시기를 보낸 친구는 정말 많이 서러울 것이라며 심심한 위로의 말을 건넸다. 척박한 환경 탓에 다들 악에 차서 재취업에 성공한 것이겠지….

다행히 이번 겨울은 작년만큼 춥지는 않았지만, 그렇다고 춥지 않다는 것은 아니었다. 아지트에 스며든 냉기는 나의 상상을 초월했다. 바닥 난방을 할 수 없어 구비한 전기 방석은 엉덩이만 뜨겁게 했지 손과 얼굴은 그 추위를 직격으로 맞아야 했다. 숨을 쉬면 코가 시리고 키보드를 두들기거나 그림을 그리고 있으면 곧 손이 얼어서 터질 것 같은 총체적 난국이었다.

결국 아무것도 하지 못하고 전기 방석 위에 손을 깔고 엉덩이로 누른 채 영화 같은 것을 보는 삶이 시작되었다.

나는 서러움 속에서 점점 게을러지고 있었다.
주거 공간은 삶을 어떻게 변화시키는가.

다이어트를 소재로 한 웹툰 〈다이어터(2012)〉에는 헬스 트레이너가 가난한 사람일수록 좋은 먹거리를 먹지 못해 다이어트가 훨씬 힘들다고 이야기하는 장면이 나온다. 좋지 않은 환경이 삶의 질을 개선시키는 발목을 잡는 것이다. 먹는 것뿐만 아니라 내가 있는 공간도 생활 방식과 생산성을 바꾼다는 것을 뼈저리게 실감하는 부분.

그렇다고 해서 집에 있자니 부모님의 눈치를 보아야 하며, 내 방에는 게임을 비롯한 놀거리가 너무 많았다. 비생산적인 다른 짓거리들을 할 것이 너무 자명한 상황이었다. 선택지가 없었다. 도망칠 곳이 필요했다. 그러나 도망친 곳에는 살을 에는 추위가 기다리고 있었다. 그야말로 진퇴양난이었다.

퇴사를 하면 겨울은 따뜻하게, 여름에는 시원하게 앉아 있을 수 있는 공간이 사라진다. 더 이상 수입이 없는 상황에 매일같이 카페에 앉아 있을 수도 없는 노릇이다. 자신의 집이 있다면 매달 죽일 듯이 날아오는 월세와 생활비를 감당해낼 수도 없다.

공간은 사람의 생활과 기분까지 지배한다.
퇴사자가 있어야 할 공간은 어디인가.

그렇게 어떻게든 빨리 일을 해야 하는 이유가 늘어났다.

퇴사 여행은 마음을 채워주는가 (상)

퇴사 직후에 떠나는 여행이 기분 전환에 하등 도움이 되지 않는다는 사실은 이미 잘 알고 있었다.

지금으로부터 3년 전, 1월 1일 새벽에 혼자 맥주를 마시며 첫 직장을 그만두기로 결심하고는 일생의 소원이었던 남미행 비행기 티켓을 끊은 적이 있다. 그때는 여행을 떠나 사람을 만나고 새로운 경험을 하는 것이 매일 밤을 새우면서 혼탁해질 대로 혼탁해진 나의 인생사를 리프레시해주지 않을까 하는, 그런 희망 같은 것이 있었다.

물론 여행의 경험은 하나하나 특별하고 소중했다. 언어가 다른 곳에서 전혀 다른 인생을 살아온 사람들을 만나는 것도 재미있었다.

우유니 사막 투어에서 만난 미국 아저씨는 내가 퇴사를 하고 여행을 왔다고 하자 당신도 월급 많이 주는 사무직에 종사하다가 너무 고통스러워 주변의 만류에도 불구하고 회사를 나와 장거리 트럭을 몰게 되었지만 지금의 삶이 정말 행복하다며, 나도 언젠가 자신처럼 꼭 맞는 천직을 찾게 될 것이니 너무 상심하지 말라는 이야기를 해주었다.

죄송해요. 엔리케 형… 아직인가 봐요….

그밖에도 상상도 못했던 풍경을 만나고 예상치 못했던 사고도 겪는 등 많은 일이 있었지만 '여행을 통해 인생의 깨달음을 발견했는가'라는 질문에는 아무리 생각해도 그렇다고 말할 수 없었다. 이구아수 폭포는 생각한 것보다 훨씬 크구나, 파타고니아 지역은 기대보다 훨씬 아름답구나 하는 정도의 감상만 남았다.

대책 없이 사표를 내지른 뒤 떠나 돌아오는 길, 현실로 돌아오는 길목에서 떠올린 나의 미래는 오히려 퇴사를 결심하던 순간보다 혼란스러워져 있었다.

요시모토 바나나는 여행이란 장기간에 걸치지 않는 한, 역시 돌아가야 할 일상이 있기에 성립하는 것이라고 했다. 특히 연락이 닿지 않는 곳으로 여행을 다녀오면 그동안 한 곳에 파묻혀 있던 자신의 일상을 다시 한 번 돌아보고, 주변 사람들이 느낀 나의 부재를 듣고, 다시 새로운 마음으로 세상을 바라볼 수 있다는 것이었다.

그러나 나는 여행이 끝난 후에 돌아갈 곳이 없는 사람이었다. 돌아갈 곳이 집 밖에 없던 나는 마치 죽음을 한 번 체험한 사람처럼 꽤 오랜 시간을 좀비처럼 살아야 했다. 내 존재의 의미는 여행 그 어느 곳에서도 찾을 수 없었고 여행 기간만큼 비어버린 통장 잔고를 뼈저리게 느낄 뿐이었다.

퇴사 후의 여행에서 마음이 편안하기 위해서는 여행 후의 삶을 낙관적으로 바라보게 해줄 무언가가 필요하다. 그렇지 않다면 여행지에서 돈을 쓰는 일마저 하나하나 스트레스로 다가온다. 여행으로 업業의 부재를 채울 수 없다. 두 개념은 그 성질이 너무 다르다.

그런 교훈을 얻은 적이 있음에도 불구하고, 석연치 않게 퇴사를 맞이한 나는 여행을 떠나야 할 것 같았다. 그동안의 노고에 대한 보상이 필요했다. 그들이 주지 않으니 스스로 찾아야 했다. 상처받은 나의 마음을 치유하는 선물이 필요했다. 어떻게든 전환점을 찾아야 하는 상황에서 떠올릴 수 있는 것은 여행뿐이었다.

여행에 대한 사색을 처음부터 끝까지 가득 채운 알랭 드 보통의 책《여행의 기술》에는 여행을 떠났을 때의 기분이 일상에서 느끼지 못하는 것들을 다시 보게 만들어준다는 이야기가 나온다.

"우리가 여행으로부터 얻는 즐거움은 여행의 목적지보다는 여행하는 심리에 더 좌우될 수도 있다는 것이다. 여행의 심리를 우리 자신이 사는 곳에 적용할 수 있다면, 이런 곳들도 훔볼트가 찾아갔던 남아메리카의 높은 산 고개나 나비가 가득한 밀림만큼이나 흥미로운 곳이 될 수 있다.”

그렇다. 나의 생활 반경 – 집/회사/아지트에서 회사가 사라졌으니, 이제는 새로운 경험으로 채워 넣을 때였다. 직업을 잃어버린 나에게 필요한 것은 잠이 아니라 이전과는 다른 새로운 경험일지도 모른다. 여행을 다녀온 뒤 나의 생활에서 만나던 단조로운 것들을 새롭게 볼 수 있다면 더할 나위 없는 성공이라고 할 수 있을 것이었다.

그런 자기 합리화 과정을 거쳐 가장 저렴하고 빠르게 다녀올 수 있는 곳을 탐색하기 시작했다.

검색 조건은 이랬다.

- 최대한 빨리 떠날 수 있어야 한다.
- 관광객이 많지 않고 한적한 곳이어야 한다. 사색에 잠길 수 있어야 한다.
- 따라서 한국인, 중국인이 많이 찾지 않는 곳이어야 한다.
- 비행기 값은 왕복 30만 원 아래로 해결해야 한다. 나에게

는 더 비싼 여행을 감행할 심적, 물리적 여유가 없다.

– 기왕이면 숙박비를 비롯한 생활비가 저렴해야 한다.

　이런 조건을 추려 일본의 다카마쓰高松라는 지역을 발견해 냈다. 검색해보아도 다녀온 사람이 별로 없는지 정보를 찾기 힘든, 어쩐지 모험심을 자극하는 여행지 같았다. 일주일 정도 되는 시간 동안 준비랄 것도 없이 대충 갈 곳들을 찍은 나는 다카마쓰를 향해 훌쩍 떠났다.

퇴사 여행은 마음을 채워주는가 (하)

여행의 목적은 사람마다 다르지만 그 목적을 묶어서 생각해 보면 대개 비슷비슷해진다.

맛있는 것을 먹기 위해, 그림으로만 보던 뭔가를 내 눈으로 보기 위해, 글로만 보던 어떤 것을 직접 경험하기 위해….

그리고 새로운 사람을 만나는 것.
아니라고 하면서도 다들 은근히 기대하면서 떠난다.

우리는 아무도 모르는 낯선 곳에서 절대 만날 일 없던 사람을 만나 지루하기 짝이 없던 내 인생에 어떤 변화가 오지 않을까 하는 기대감을 가지곤 한다. 각종 미디어 속 주인공들은 어디 가기만 하면 재벌가 상속자와 눈이 맞고 인생을 관통할 교훈을 전해줄 현자를 만나곤 하니까.

하지만 현실을 살아가는 우리에게, 특히 처음 보는 사람은 경계하고 보는 나 같은 사람에게 그런 기적 같은 만남은 찾아오지 않는다.

투어에 참여하면 영어를 잘 못하고 동양인을 어려워하는 차별과는 차이가 있다 남정네들과 2박 3일을 함께해야 한다거나, 탱고 바에 가면 어째선지 그날의 손님이 나밖에 없어서 혼자 공연을 보고 팁을 혼자 다 내야 하는 상황에 처한다던가, 어쩐지 친근하게 말을 걸어오는 사람이 있어 대화하다가 느낌이 싸 해서 다시 보면 사기꾼이라 도망쳐야 하는 상황이라 던가, 여행지의 사람과 관련된 기억은 고난과 역경인 경우가 대부분이었다.

다카마쓰는 외국인이 잘 찾지 않는 동네였다. 어디를 가도 꼭 보게 되는 중국인 관광객도 이 동네에서는 잘 보이지 않았다. 길거리를 돌아다니지 않고 관광지만 빠르게 둘러보고 다른 지역으로 나가는 듯했다. 골목에 있는 작은 가게에 들어가면 가게 주인이나 손님들이 '아니 외국인이 여길?' '왜?' 하는 눈치일 때도 있었다.

그래서인지 짧은 영어로 말을 걸어올 때가 많았다. 종업원 중 유일하게 영어를 할 줄 아는 사람이라며 나를 전담시키거나, 영어 메뉴가 준비되어 있지 않으니 원하는 것을 말하면 자신이 알려주겠다고 하는 식이었다.

그러나 나도 영어를 유창하게 하지 못하고, 그들도 유창하지 못하니 중학교 2학년 수준의 단어를 배열해 서로의 의중을 때려 맞추는 방식의 대화가 이어졌다.

일본어를 만화와 게임으로 배운 탓에 '더는 무리다. 세상을 지키겠어!' 같은 낯간지러운 문장은 구사할 수 있어도 '세트 메뉴에 샐러드가 포함되는 건가요?' 같은 일상적인 문장을 구사할 수는 없었다.

그들 또한 살면서 몇 번 없을, 영어 회화를 해볼 수 있는 절호의 기회라고 생각했는지 적극적으로 다양한 주제를 던지기 시작했다. 일본은 처음이세요? 한국에서 오셨다면 서울 사람이에요? 어쩌다가 도쿄나 오사카로 안 가시고 이런 시골에 왔어요? 왜 혼자 왔어요? 등등.

묻는 말에만 열심히 대답하다 보니 대화의 주제는 급격하게 사라져갔다. 어색하고 서먹한 분위기를 느낀 그들은 뻘쭘하게 웃으며 각자의 볼일을 보러 자리로 돌아갔다.

문득 숱한 소개팅에서 만났던, 나에게 전혀 관심이 없던 그녀들이 떠올랐다. 내가 묻는 말에만 따박따박 대답하고 다른 주제로 넘어갈 힌트를 전혀 주지 않던 그녀들, 나에 관한 것은 끝끝내 물어보지 않던 그녀들. 정말 용기 내서 외국인에게 말을 걸어본 것일 텐데 나의 태도에서 내가 받았던 그런 느낌을 받지 않았을까?

고마운 감정은 금세 미안한 감정으로 바뀌고 있었다.

사는 곳에서 매력 없고 인기 없는 사람이 어디 나간다고 갑자기 인기가 생기지는 않는다. 나는 자신을 매력적으로 포장하면서 상대방에게 관심을 표하는 일에 서투른 사람이었고, 그건 밖에서도 마찬가지였다.

이야기를 들어주고 이것저것 챙겨주는 것은 잘하지만 정작 나의 이야기는 잘못해 관계에 있어 알맹이가 없을 때가 많았다. 그러다 보니 어느 모임을 나가도 '구석에 있었던 사람' 이상으로 발전하지 못했고, 가끔씩 다가오는 사람들도 자신의 이야기를 신나게 하고 나서는 더 할 말이 없어지면 새로운 사람을 찾아 떠나갔다.

이런 생활 태도는 직장생활에서도 마찬가지였다.

애정하는 영화 〈월터의 상상은 현실이 된다(2013)〉의 주인공은 극도로 소심한 성격이라 직접 행동하기보다 멍때리면서 상상하는 것이 취미인 사람이다. 와중에 직무까지 사람과의 소통이 거의 없는 사진 인화 부서인지라 회사 사람들은 주인공을 잘 모르고, 안다고 하더라도 조금 독특하고 소심한 사람 정도로 기억한다.

그런 그도 상상 속에서는 세계를 구하는 히어로요, 호감 있는 사람에게 멋진 말을 척척 던지는 로맨티스트다. 하지만 망상은 망상일 뿐, 현실은 극도로 소심한 성격 탓에 커플 알선 서비스에 자기소개도 제대로 올리지 못해 상담원의 안내를 받아야 할 정도다.

그러다가 모종의 사고로 문제를 바로잡기 위한 여행 아닌 여행을 떠나게 되는데 워낙 상황이 급박하게 돌아가다 보니 평소 그의 성격이라면 절대 하지 않을 일들을 저지르고 다닌다.

술에 취한 아이슬란드 사람에게 말을 걸어 원양 어선 물 자조달용 헬기에 올라탄다거나, 길 가는 소년에게 말을 걸어 인형과 스케이트보드를 물물 교환하는 등, 전에는 해볼 엄두도 못 냈던 일들을 겪으며 점점 자신감을 되찾고 평소 흠모하던 여인의 마음을 얻는 것까지 성공하게 된다. 결국 여행을 떠나게 된 목적은 달성하지 못했지만, 여행을 통해 삶을 대하는 자세가 바뀐 그는 이전과는 다른 삶을 살아가게 될 것을 암시하며 영화가 끝난다.

세상을 보고 무수한 장애물을 넘어
벽을 허물고 더 가까이 다가가
서로를 알아가고 느끼는 것.
그것이 바로 살아가는 큰 목적이다.

극 중 등장하는 가상 잡지 〈라이프〉의 모토

평소의 나는 얼마나 도전적이었는가.

　사람과 일, 기타 등등의 벽을 허물기 위해 무슨 노력을 기울였는가를 떠올려보면, 나는 언제나 소심하게 모든 것을 받아들이는 쪽이었다. 이런 태도가 바뀌지 않는다면 매번 똑같은 방식으로 상처받고는 구석에 처박히는 신세를 면치 못할 것이며 언제 찾아올지 모를 기회를 번번이 놓치게 될 것이었다.
　결국 이번 여행은 영화처럼 드라마틱한 일들은 생기지 않았지만, 사람을 대하는 방식에 변화를 주어야겠다는 결심 같은 것을 하게 되는 여행이었다.

　먼저 말도 걸어보고 상대에게 궁금하거나 떠오르는 것은 혼자 추측하지 말고 대화로 만들어야지. 좋은 건 좋다고, 싫은 건 싫다고 분명히 말할 수 있는 사람이 되어야지.
　하지만 태생이 내성적인 사람인 나에게 그것은 여전히 너무나도 힘든 일이다. 여행을 다녀온 지 한참이 지난 지금도 가끔 사람이 많은 곳에 가면 필사적으로 몸을 숨길 곳을 찾고 있는 나를 발견한다. 이 문제는 평생 풀어야 할 숙제가 될 것 같다.

도구였을까?

나는 쓸 만한

회사에서는 모든 직원에게 노트북을 제공했다. 그래서 그동안 휴대용 작업 도구를 구매할 이유가 없었다. 집에서는 데스크톱을 쓰고, 휴일에 밖에 나가면 회사 노트북으로 개인적인 업무를 보기도 했다.

그런데 이제 퇴사를 했으니 나는 집 밖에서 아무 작업도 할 수 없었다. 글과 그림을 종이로 작업하는 일은 운치 있지만 시가 아니라 산문을 주로 쓰는 나에게 이보다 비효율적인 업무 방식은 생각할 수 없을 정도였다.

잘 발달된 과학은 마법과도 같다고 했던가. 해리 포터에게 마법을 빼면 약골 찐따가 되는 것처럼, 마땅한 작업 도구 없이 집 밖을 나선 나는 90년대 기자들처럼 무언가가 빼곡하게 적힌 수첩을 들고 다니며 뭔가를 찾는 데 한참이 걸리는 옛날 사람이 되어 있었다. 소설가 김훈 선생님은 아직도 원고지에 손글씨를 쓰며 작업을 하신다던데 나는 굳이 그러고 싶지 않았다. 나에게는 21세기에 걸맞은 도구가 필요했다.

다행히도 회사가 투자를 받아 자금이 넉넉한 상황에서 권고사직을 당했기 때문에 퇴직금은 비교적 넉넉하게 받을 수 있었고, 일본 여행에서 당시에는 한국에 발매되지 않았던 신형 아이패드를 사 오게 되었다.

그런데 여행 간 곳이 워낙 시골이라 그런지, 세계적으로 품귀 현상이 있었던 펜을 구하지 못했다. 굳이 아이패드를 구매하는 이유는 펜으로 그림 작업을 할 수 있다는 장점이 있기 때문이었는데, 본체만 덩그러니 들고 오니 그야말로 계륵이 따로 없었다.

그림은 고사하고 글 쓰는 일도 적잖은 문제를 야기했다. 평소에 사용하던 문서 작성 도구들 - 마이크로소프트 워드, 구글 독스 같은 것들은 애플의 라이벌 회사라고 일부러 그러는지 한영 변환이 제대로 되지 않거나 글 레이아웃이 마음대로 바뀌는 등 최악의 호환성을 보여주었다. 더욱이 당시에는 한국 발매 전이라고 국내 서비스 앱들도 해상도를 지원하지 않는 등 제대로 작동해주지 않았다. 정말이지, 들어간 가격에 비해서 참 쓸데없는 물건처럼 여겨졌다.

그쯤 되니 괜히 비싼 돈을 주고 필요 이상의 장비를 산 것이 아닌가 후회되기 시작했다. 구형으로 구매했다면 몇 십만 원은 아낄 수 있었을 텐데… 언제 다시 수입이 생길지 모르는데 너무 성급하게 비싼 물건을 덜컥 사서 씨름하고 있는 것은 아닐까. 게임을 하는 것도 아니고 성능이 아무리 좋아 봐야 제 기능을 다 쓰지 못할 텐데….

한 번 시작된 후회는 새로운 후회의 이유를 계속 만들었다. 그런데 같이 있는 시간이 길어지니 꽤 많은 변화가 찾아왔다.

작업 단계가 몇 가지 줄어들고 편리해진 것만으로도 그림을 더 자주 많이 그리게 되었다. 처음에는 그림판 수준으로 쓰던 그림 그리기 도구도 여러 기능을 시도해보면서 예전과는 다른 스타일의 그림도 그려보게 되었다. 물론 회사를 다니고 있지 않다는 점도 고려해야겠지만 실력이 확실히 좋아지고 있었다. 텍스트 도구도 완벽하지는 않지만 여러 앱들을 사용해보니 그럭저럭 쓸만한 도구들을 찾을 수 있었다. 처음에는 계륵 그 자체이던 물건이 이제는 늘 들고 다니는 생활의 도구가 되었다.

우리는 생활에 뭔가가 더해지는 것만으로 삶이 바뀔 것이라 기대하면서 그 변화에 맞춰 기존의 환경을 바꿀 생각은 하지 않는다. 항상 쓰던 대로 새로운 도구를 쓰고는 달라진 것이 없다며 성질을 내는 일이 많다. 이런 사고는 회사에서 사람을 쓰는 일에서도 빈번히 발생한다.

사용자 입장에서는 당연히 조바심이 날 수밖에 없다. 사람을 고용해서 쓰는 일은 아무것도 하지 않는 순간에도 돈이 빠져나가고 있는 일이라고 생각하기 쉽기에 작은 기업일수록 부담스럽게 다가올 수밖에 없다. 그래서 직원들이 '시행착오'를 겪으면서 성장하는 것을, 회사는 진득하게 기다려주지 못한다.

나의 첫 회사 대표는 첫 출근 날 나와 동기들을 불러 신입이지만 지금 바로 일할 수 있는지를 중점적으로 보고 뽑았다고 이야기했다. 이야기를 들을 때에는 다양한 경험을 좋게 평가했다는 말을 돌려서 말한 줄 알았는데, 정말 다음 날부터 밤샘 야근을 하며 그 말이 100퍼센트 진심이었다는 사실을 깨달았다.

회사를 다니는 내내 주말 출근과 야근이 이어졌다. 압구정에 있었던 회사라 주말 밤이면 창밖에서 취객들의 고성방가가 들려왔다. 속상했다. 나는 이렇게 밤새 일하고 있는데 저렇게 행복하게 놀고 있는 사람들이 있다니. 그들도 그 시간에 일하고 있는 사람들이 있다는 사실을 알면 깜짝 놀랐겠지.

이렇게 처절한 기분을 느끼면서 일하고 있는데 대표는 새벽 3시쯤 어디서 술을 마시고 들어와서는 일하고 있는 직원들을 흐뭇하게 바라볼 때가 있었다.

당장 할 일이 없어 먼저 간다고 집에 가면 그 행동은 노여움이 되어 감정적인 보복으로 돌아왔다. 일찍 퇴근할 시간에 참고 자료를 찾거나 아이디어를 짜라며, 별별 이유로 야근거리를 창조해냈다.

나름 대형 클라이언트도 새로 뚫고 회사 이름도 광고계에 알려지던 시기였다. 무엇이 그를 그토록 불안하게 만들었을까. 잠시라도 멈추면 안 된다는 강박심에 게임에서 별 의미 없이 자동사냥을 돌려놓는 것과 비슷한 느낌이었을까. 미천한 막내였던 나는 아직도 가끔 그의 마음을 감히 헤아려보곤 한다.

회사를 나오니 배운 것보다는 내가 알고 있던 것들을 회사에 쏟아내고 나왔다는 느낌밖에 들지 않았다. 그래서 그런지 주변에서 대기업 입사에 성공한 친구들의 이야기를 들을 때 연봉보다 부러운 점은 교육과 관리 시스템에 대한 것들이었다.

신입사원 연수든, 실무에서든 '일을 배우는' 기간이 있어 꽤 오랜 시간 일을 한다기보다는 교육을 받는 시간을 공식화하고, 그 과정에서 보여주는 모습이나 역량 등을 평가해 적

합한 부서에 배치한단다.

누군가의 평가가 부담스럽기도 하지만 내가 무엇을 해야 하는지, 그를 위해 어떤 노력을 해야 하는지 명확하게 목표가 주어진다는 점에서, 누군가가 '돈을 주면서' 성장을 기다려준다는 점에서 참 좋겠다는 생각이 들었다. 물론 몇 년 뒤 그에 따른 보상은 실적 압박으로 다가오겠지만….

사실 잘 모른다.
나는 대기업 서류 심사에도 통과해본 적이 없거든.

그런 부러움 속에서 '신입의 시기'가 지나가고, 어느샌가 내가 누군가를 케어해야 하는 위치까지 다다라 있었다. 나이, 연차와 직급이 오르는 일은 정말 무서운 일이다. 나에게, 또는 나와 함께하는 사람들에게 무슨 어플이 설치되어 있는지 헤아리고 어떤 상황에 어떻게 쓰일 수 있는지를 항상 생각해야 한다. 누군가 새로운 것을 대신 깔아주고 바꿔줄 거란 기대를 해서는 안 된다.

사람 하나 추가한다고 한 번에 전체가 뒤집어지는 것은 본 적도, 들은 적도 없다. 모든 일에는 시행착오를 통해 주변 환경과 맞춰가는 시간이 필요하다.

그 사람을 적재적소에 놓는 것이 경영자의 일이고, 그 시간을 짧게 만들어주는 것이 '경력직' 타이틀을 달고 있는 사람들의 힘이 아닐까.

그나저나 나를 팽한 회사의 사람들은 나를 제대로 쓰지도 못하고 잃어버린 아이패드 정도로 생각할까, 아니면 싼 맛에 쓰다가 버린 중국산 짝퉁 아이패드 정도로 생각할까.

전자라고 생각하는 것이
나의 정신건강에 이로울 것이다.

Part 3

도전에는 실패가 따르지

카페 창업의 개꿈 (상)

자신의 적성을 깨닫고 올바른 진로를 선택하는 것은 인생의 가장 중요한 미션 중 하나다.

하지만 세상이 어떻게 돌아가는지, 내가 어떤 것을 잘하는지 채 알기도 전에 우리는 적성에 대한 결정을 강요받는다. 그리하여 이과를 선택하고는 그림을 그리고 싶어 하거나, 컴퓨터를 전공하고는 글을 쓰는 직업을 전전하는 등 뒤늦은 후회와 남들이 보면 영 뜬금없는 인생 노선을 걷게 되는 일이 왕왕 발생하곤 한다.

대학에 갓 입학해 졸업을 앞둔 선배들을 보며 저들은 심사숙고 끝에 자신의 진로를 확정하고는 그 꿈을 이루기 위해 최선을 다하고 있는 줄 알았고, 진심으로 그들을 멋지다고 생각했다. 그들 중 대부분이 '어쩌다 보니' 그쪽 공부를 하고 있고 '어쩌다 보니' 그 회사에 취직해 '어쩌다 보니' 그 직무를 맡게 되었다는 사실을 깨닫기까지는 그리 오랜 시간이 걸리지 않았다. 나는 '어쩌다 보니' 그때의 그들보다 더 많은 나이를 먹고서도 직업이 없는 사람이 되어 있었다. 어쩌다 이렇게 되었나.

퇴사의 충격에서 받은 상처를 추스르고 나니 이번에는 먹고사는 문제가 외면할 수 없는 곳에 버티고 서 있었다. 나의 경우에는 돈보다 방향을 잃어버렸다는 것이 더 큰 문제인 듯했다.

무엇을 해먹고 살 것인가?

아무것도 떠오르는 것이 없었지만 아무리 생각해도 나는 다시 회사 시스템에 들어가고 싶지 않았다.

경력을 포기하고 신입사원이 되기에 나의 나이와 경력은 애매-하게 많았다. 내가 잘할 수 있는 일은 대다수의 회사에서 정규직 직원으로 쓰고 싶어 하지 않아 계약직을 두거나 하청 업체에 맡기는 일들이었다. 급하게 필요해서 뽑는 자리에 들어갔다가 머리가 조금 커지면 이번 정리해고와 같은 일을 또다시 겪게 될 것 같았다. 그렇다고 프리랜서를 하기에는 경력도 짧고 인맥도 없고 내세울 수 있는 뭔가도 없었다.

아무래도 망한 것 같은데.

다행히도 주변에 프리랜서를 하고 있는 친구가 있어 이런 고민을 이야기하고 여러 가지 현실적인, 그런데 조금 더 깊이 생각해보면 내 능력 밖의 일이거나 행운이 정말 많이 따라야 하는 여러 가지 대안들을 논의해볼 수 있었다. 정말 고마운 일이지만 대화가 깊어질수록 내가 가야 할 길은 더욱 알 수 없게 되어가고 있었다.

그와는 별개로, 평소 고독하게 작업하던 친구는 낮 시간에 편하게 부를 수 있는 친구가 생겼다는 사실이 내심 반가운 듯했다. 평소에 자신이 하고 싶었던 일들을 잔뜩 이야기하며 나를 이곳저곳으로 데리고 다녔다. 적적하던 차에 고마운 일이었다.

어느 날 그는 밖에서 작업을 하자며 을지로의 작은 카페로 나를 데려갔다. 카페 아르바이트도 꽤 오래 했었고 한국에 카페 문화가 정착하기 전부터 남자들끼리 카페를 가는 것에 거부감이 없었던 사람이었지만 을지로의 카페 문화는 나에게 몹시 하이 컬러한 것이었다.

몇십 년이 지나 다 쓰러져가는 건물 귀퉁이에 있는 비밀스러운 계단을 올라가면 카페 주인의 취향이 잔뜩 반영된 공간이 드러난다. 인테리어에 큰돈을 들여 트렌디한 공간을 만든 곳도 있는가 하면, 다 벗겨진 콘크리트와 페인트를 그대로 놔두고 센스 있는 사물의 배치로 세련된 공간을 만든 곳도 있었다.

방향은 모두 다르지만 다들 '내가 이런 비밀스럽고 멋진 공간을 알고 있다'라면서 인스타그램에 인증샷을 올리기에 충분한 곳이었다. 공간이 사람을 부르고 있었다. 그쯤 되면 커피의 가격, 맛과 품질은 그리 중요한 것이 아니었다.

그래서 밖에 따로 간판을 달지 않아도 사람들이 어떻게 알고 찾아온단다. 평일에 가서 문을 열지 않은 곳도 있었지만, 주말이면 사람들이 카페 문 앞에 길게 줄을 서서 언제 만들어질지 모르는 자리를 하염없이 기다리고 있단다. 그야말로 인스타 마케팅의 최고 성공 사례가 그곳에 있었다.

나를 데려간 친구는 을지로의 비밀 카페 문화가 요즘 천천히 부상하고 있다고 이야기하면서, 우리도 이런 카페를 만들어서 운영할 수 있는 능력이 충분히 되지 않느냐는 이야기를 꺼냈다. 하긴, 커피에 대해 잘 모르는 것도 아니고 이미 아지트를 만들어본 경험도 있기에 인테리어나 실내 공사도 자신 있었다. 심지어 아지트를 만드는 과정을 담은 콘텐츠가 페이스북에서 공전의 히트를 기록한 바 있으니, 우리의 힘을 하나로 뭉치면 제법 멋진 삶을 지속할 수 있는 카페를 만들수도 있을 것이다.

그렇게 그만, 나는 그 이야기에 솔깃하고 말았다.

카
페
창
업
의 개
꿈 (하)

모든 상황이 나에게 도전하라며 손짓하고 있는 듯했다. 많지는 않지만 적당히 모아둔 돈도 있었고, 자진 퇴사가 아니라 권고사직이었기 때문에 꽤 큰 퇴직금이 수중에 들어와 있었다. 커피를 많이 만들어본 경험도, 실내 공사도 직접 진행해본 적 있으니 생판 처음 하는 사람보다는 상황이 괜찮은 편이었다.

그런 현실적인 것들보다도, 로망이라는 것이 나의 충동에 불을 지르고 있었다. 청춘을 불사르며 나의 길을 개척하는, KBS 9시 뉴스 전에 해주는 드라마 속 주인공처럼 힘들고 어려운 환경을 개척해나가는 삶을 살 것만 같은 꿈과 희망. 이런 기회를 놓친다면 나이 들고 반드시 후회할 것 같았다.

그런데 조사를 하면 할수록 우리와 비슷한 생각을 하고 있는 사람들이 생각 이상으로 매우 많다는 것과 그들이 선뜻 뛰어들지 못한 데에는 다 이유가 있다는 사실을 속속 알게 되었다.

나에게 로망인 것은 다른 사람에게도 로망인 법이다.

생각해보면 그랬다.

'여윳돈이 생기면 한적한 곳에서 나만의 카페를 하고 싶다'라는 꿈을 이야기하는 사람들을 살아오면서 얼마나 많이 만나왔던가. 핸드 드립 커피 한 번 내려본 적 없는 사람들도 그런 이야기를 하고 있었다는 생각을 하니, 이 시장이 얼마나 폭발 직전의 레드오션인지 인식되면서 아찔하고 두려워졌다.

커피만으로는 장사를 할 수 없는 것도 문제였다. 직접 만들든 아웃소싱일의 일부를 외부에 위탁해 처리하는 것을 하든 커피와 곁들일 무언가가 필요했다. 을지로 카페의 성패를 좌우할 인스타그램 마케팅에 있어 커피의 품질보다는 화려한 공간과 그럴듯한 디저트가 훨씬 더 중요해 보였다.

문제는 내가 마시는 것 외의 것에 손을 대본 적이 없다는 것이다. 빵집과 카페 아르바이트를 오래 하면서 별별 음료를 다 만들어보았지만 정작 탄수화물을 뭉쳐서 만드는 달달이의 생성에 관여한 적은 없었다. 아는 것도 없지만 일단 해보는 수밖에 없었다.

처음 도전한 음식은 아보카도 과카몰리였다. 만드는 과정을 영상으로 보니 이보다 쉬운 음식이 없어 보였다. 과연 숲속의 버터, 아보카도를 반으로 자르고 씨를 빼낸 뒤 속살을 숟가락으로 퍼내서 으깬 다음 다진 채소들과 함께하면 되는 것…으로 쉽게 생각했지만 현실은 냉혹했다.

아보카도를 태어나서 처음 사본 나는 충분히 익지 않은 아보카도가 그 정도로 단단하다는 것을, 익기 전과 후의 성질이 그렇게나 다르다는 것은 상상도 하지 못했다. 자신의 싱그러움과 탱탱함을 자랑하고 싶었던 녀석은 칼이 자신에게 박히는 것조차 거부했으며, 단단한 씨앗은 좀처럼 제 살과의 이별을 받아들이지 못하는 듯했다. 맛도 내가 먹어본 아보카도와는 많이 달랐다. 굉장히 썼다. 마치 내 실패를 맛으로 표현하듯.

**결과적으로 경험 부족이 만든
부끄러운 경험이 되어버렸다.**

그렇게 파트너에게 이러저러하여 실패했다고 이야기하니 레시피 스크린샷을 보여주며 '여기 익은 것을 쓰라고 나와 있는데'라고 말했다. 일주일쯤 지나 말랑해진 아보카도를 썰어서 아지트 친구들과 김에 싸 먹고 있는데 한참 같이 먹다가 '그런데 갑자기 웬 아보카도야?'라고 물어왔다.

다음으로 도전한 것은 스콘이었다. 반죽을 만든 뒤 덩어리를 잘라 굽기만 하면 끝인 음식이었다. 과연 영국 놈들. 음식 대충 만드는 것으로 이들을 따라올 문명이 없었다. 그런데 인터넷의 스콘 레시피는 정말 사람마다 제각각이고 설명도 굉장히 두루뭉실하게 표현되어 있었다.

숫자만 다르고 비율은 같겠거니 하고 몇 개를 비교해보면 꼭 그렇지도 않아 보였다. 사용하는 도구에 따라, 만드는 사람의 취향에 따라 다르게 만들어지는 음식인 모양이었다.

그렇게 스콘 연구가 시작되었다. 반죽의 묽기를 적절하게 맞추지 못해 생김새는 매번 달라졌고, 그럴듯한 생김새를 완성했으나 맛이 영 이상할 때도 있었다. 그러다가 또 어떨 때는 생긴 것도 괜찮고 맛도 그럭저럭 먹을 만한 결과물이 나오기도 했다.

오븐도 좋은 것을 구하지 않고 창고에서 먼지만 쌓이고 있던 전기 오븐 토스터를 사용했는데 열이 반죽 속까지 제대로 전달되지 않는 것 같았다. 타이머도 제대로 작동하지 않아 오븐 앞에 앉아 빵이 부풀어 오르는 것을 보며 어느 정도 구워졌는지를 파악해야 했다. 고물 오븐 앞에 앉아서 빵이 갈라지는 것을 보고 있으면 내 속도 타들어가는 기분이었다.

하루는 크게 망쳐서 정말 맛없는 스콘을 만들게 되었는데,

마침 그날 아지트에 온 파트너가 스콘을 한 입 먹어보고는 갑자기 유튜브를 찍자는 이야기를 꺼냈다.

"'오늘은 스콘을 만들어볼 거예요'라고 시작하면서 열심히 만드는 과정을 보여주고 다 만들어졌을 때 '그럼 이제 먹어보겠습니다!' 하고 한 입 먹는 것을 보여준 다음에 쓰레기통에 스콘들이 버려져 있는 걸로 마무리하는 거야. ㅋㅋㅋㅋㅋㅋㅋㅋ."

원래 실없는 소리를 많이 하는 친구니 무거워진 분위기를 띄우기 위해 한 말이겠지. 원래 저렇게 무심한 성격이니까 하며 열심히 합리화를 해보았지만 앞으로 있을, 이것보다 더 큰 시행착오 속에서 계속 이런 식으로 상처받는 일이 반복될 것 같았다. 좋은 뜻으로 한 행동일지라도 계속 실패를 거듭하고 있는 나에게는 좋게 들려오지 않을 것 같았다.

나도 문제였다.

몇 주 동안 성공하지 못하고 있었는데, 그걸 반드시 성공시키겠다는 의지가 없는 듯했다. 애초에 나는 먹는 일에 그렇게까지 흥미를 느끼는 사람이 아니다. 카페에 가서 배가 고프지 않으면 주전부리 없이 뜨거운 아메리카노나 드립 커피만 주문하는 사람이었다.

정말 좋아하는 것이거나 너무 실력이 좋아서 사람들이 팔아보라고 하는 것도 될까 말까 한 세상에 이런 마음가짐이라면 본전도 못 찾고 망하겠다는 생각이 들었다.

결국 창업이란 것은 안 될 것 같은 일을 어떻게든 돌파하는 사람들이 거머쥐는 것이거늘, 나는 아무리 생각해도 그 지점을 돌파해야겠다는 의지가 없었다.

그렇게 카페 프로젝트는 퇴사 후 노는 기간에 일어난 해프닝 정도로 끝나고 말았다.

당시 그 친구와 내가 여기저기 카페를 해볼까 한다는 이야기를 떠들고 다니는 바람에 아직까지도 가끔 카페 준비는 어떻게 되어가냐는 질문을 받곤 한다.

망했다.

스
콘
깎
는 　노
　　　인

주변의 백수들에게 퇴사 후에 무엇을 하고 있는지를 물어보면 대부분 재취업 준비를 하거나 다음 취업을 위한 공부를 하고 있다고 대답했다. 나의 의문은 곧 나는 무슨 일을 하고 있는지 궁금해하는 질문으로 돌아왔고, 마땅히 건설적인 행동을 하고 있지 않던 나는 스콘을 굽고 있다고 대답했다. 그냥 아무 계획도 대책도 없이 놀고 있다고 대답하는 것은 조금 부끄러우니까.

실제로 카페 계획은 깨끗하게 사라졌지만 이상하게도 스콘을 굽는 일은 끝나지 않았다.

한동안 아지트 가는 길에 재료를 사 가서 스콘 반죽을 만드는 일상이 계속되었다. 한 번 만들 때 5~6개가 나오니 친구들이 아지트에 올 때는 거의 반드시 테이블 위에 스콘이 몇 조각 올려져 있었고, 방문자들은 암묵적으로 그 스콘을 먹어야 했다.

잘 만들어져서 또 먹고 싶은 스콘이 아니라 한창 시행착오를 겪고 있던 것을 고려하면 그 시절의 아지트는 광기의 스콘 지옥과 다름없었을 것이다.

반죽을 제대로 만드는 것에도 꽤 오랜 시간이 걸렸다. 살면서 만들어본 반죽이라고는 핫케익, 부침개, 명절의 전 정도가 다녔던 나에게 반죽 상태를 봐 가면서 우유의 양을 조절하는 일은 너무나도 힘든 일이었다.

싸구려 오븐 토스터가 빵이 구워질 만한 온도까지 올라가지 않는 것일지도 몰랐다. 아무리 관련 책이나 인터넷 자료를 찾아봐도 거기에 나온 반죽의 점도로는 스콘이 속까지 익지 않았다. 겉바속촉^{겉은 바삭 속은 촉촉}이 아니라 겉바속생^{겉은 바삭 속은 생 밀가루}인 상태로 구워지는 것이 대부분이었다.

어쩌면 오븐 하나만 바꾸면 쉽게 해결될 수 있는 일이거늘, 이상한 오기에 사로잡힌 나는 그 조건 속에서 스콘 굽기를 성공시키고 싶었다. 맨날 실패만 하는 게 아니라 어떨 때는 또 제대로 된 게 나오니 끝내 포기할 수 없었다. 아찔한 희망은 사람을 비이성적으로 만드는 법이다.

사실, 경험이 전혀 없어서 좋은 오븐이 결과를 바꿀 것이라고 확신할 수 없었던 이유도 있었다.

몇 주 동안 계속 반복하니 제법 그럴듯한 결과물을 안정적으로 만들어내기 시작했다. 어떤 재료가 평소보다 많거나 부족할 때 어떤 결과물이 나오는지, 버터 대신 마가린을 사용하는 것처럼 성질이 같은 비슷한 재료를 쓰면 어떻게 달라지는지, 반죽 크기에 따라 다른 굽기 정도 등등, 정확하지는 않아도 '해보니 알게 되는' 연구 결과가 쌓이고 있었다.

뭐든, 꾸준히 시간을 투자하면 실력과 지식이 늘어난다는 평범한 교훈을 얻음과 동시에, 어떻게든 일이 이루어지기만 하면 아무리 비효율적일지라도 개선책을 찾지 않는다는 무서운 점까지 깨닫고 있었다. 실력이 좋아져도 내가 오븐을 사는 일은 없었다.

그러던 어느 주말, 친구가 점심 대신 스콘을 먹다가 아무것도 안 들어간 스콘은 맛있게 구울 수 있는 것 같으니, 이제 치즈가 많이 들어간 스콘을 만들어보는 것은 어떻겠냐는 이야기를 꺼냈다.

정말 이상하게, 그 이야기를 들으니 더 이상 스콘 연구를 하지 않아도 되겠다는 생각이 들었다. 칭찬은 고래도 춤추게 한다던데 그만둘 생각이 들다니, 나에게 스콘 굽기란 무엇이었을까.

어쩌면 나는 맛있는 스콘 굽기를 발판 삼아 베이킹의 킹이 되는 것이 목표가 아니라, 어떤 행동을 부지런하게 지속하면서 생산성이라고는 눈곱만큼도 없이 흘러가는 하루하루에 대한 불안을 잊고 싶었던 것일지도 모르겠다.

우리는 불안 때문에 삶을 규칙적으로 만든다.

면밀하게 계획을 세우고 그 계획에 삶을 맞춘다.

우리는 삶을 반복적이고 규칙적으로 움직이게 해서 가장 효율적인 시스템이 우리의 삶을 지배하도록 만든다. 습관과 규칙의 힘으로 살아가는 삶 말이다.

하지만 효율적인 삶이라니, 그런 삶이 세상에 있을까. 혹시 효율적이라는 삶이라는 건 늘 똑같이 살고 있기 때문에 죽기 전에 기억할 멋진 날이 몇 개 되지 않는 삶을 말하는 것은 아닐까.

김언수, 《캐비닛》에서

더 이상 카페 창업 같은 것을 할 생각이 없으니, 스콘 굽기는 '효율적인 시간 보내기'와는 거리가 먼 행동이었다. 취미라고 하기에도 너무 안타까운 광경이었고, 나는 음식을 만드는 일에 그렇게 흥미가 있는 사람이 아니었다.

하지만 그렇기에, 살아가면서 '내가 회사에서 잘려서 공허함을 채우려고 한 행동 중에 말이야 –'로 시작하는 시답잖은 에피소드가 하나 추가되었다.

그리고 그것으로 충분했다.

꿈에도 유효 기간이 있을까

노는 것이 진짜 세상에서 제일 좋지만 이런 삶을 오래도록 지속하기에 나는 돈 걱정을 안 할 정도로 풍족한 집안의 아들내미가 아니었다.

나이가 30이 넘어가 애매하게 친한 친구들을 만나면 대화가 늘 돈 문제로 향하게 된다. 모아놓은 돈은 어느 정도인지, 어떤 식으로 굴리고 있는지 등등을 이야기하면서 자신의 벌이와 능력이 꽤 괜찮다는 것을 어필하는 고도의 대화 전략인데, 나는 모으기는커녕 이미 모아놓은 돈을 야금야금 까먹고 있는 상황이었기에 친구들을 만나면 아무 말 없이 구석에 찌그러져 있을 수밖에 없었다.

돈만큼이나 흘러가는 시간도 문제였다. 정치인들은 자연인을 한답시고 산에 들어가 아무것도 안 하다가 선거철 즈음에 기어 나와도 드디어 잠룡이 움직이네 어쩌네 주목받지만 나 같은 퇴사자는 공백 기간이 길어지면 길어질수록 그저 게으르고 태만한, 또는 그럴 만한 안 좋은 이유가 있어서 아무에게도 선택받지 못한 사람이 될 뿐이었다. 그리고 그건 틀린 말이 아니었다.

위의 두 문단에서 추측이 가능하듯, 나의 자존감은 바닥까지 떨어지고 있었다. 아마도, 카페 창업을 비롯해 퇴사 후에 해보겠다고 한 모든 일들이 도전해보지도 못하고 사라져 버렸기 때문이었을 테다.

시궁창 같은 현실을 살아가면서 꿈을 좇는 사람들을 멋있게 그리곤 하는 작가 천명관은 그의 작품 《나의 삼촌 브루스 리》에서는 실패해서 고꾸라져 있는 사람들을 위로하기 위해 이런 대사를 적어두었다.

세상에 자신이 마음먹은 대로 꿈을 이루고 사는 사람은 아무도 없어. 그래서 꿈은 그것을 간직하고 있는 동안에만 행복한 거야.
꿈이 현실이 되고 나면 그것은 별 게 아니란 걸 깨닫게 되거든.
그러니까 꿈을 이루지 못하는 건 창피한 일이 아니야.
정말 창피한 건 더 이상 꿈을 꿀 수 없게 되는 거야.

천명관, 《나의 삼촌 브루스 리》에서

꽤 멋진 대사임에도 불구하고, 현실을 살아가는 우리에게 실패는 뼈아프게 느껴질 수밖에 없다.

손에 쥐어본 적도 없는 꿈이 없다는 사실보다 가지고 있던 것을 잃어버려 나락에 빠져 있다는 사실이 훨씬 생생하게 다가오는 법이다.

나는 나의 상황이 정말이지 너무 창피하고 비참했다.

나름 열심히 일하면서 인정받길 바랐던 회사에서 뒤통수를 거하게 맞고 내 일과 사람들을 빼앗겨버린 현실이, 그 뒤로 멋지게 재기하지 못하고 고꾸라져 있는 내 모습이.

하지만 내가 부끄러워하든, 아무 성과를 내지 못하든 시간은 속절없이 흘러가고 있었다. 어떻게든 내가 시간을 허비하지 않는 느낌이 드는 지점을 찾아야 했다.

어쩌면 내가 걸어온 길에 답이 있지 않을까 생각했다. 살면서 꾸었던 수많은 꿈들과 흘려버린 기회들, 꽤 괜찮은 아이디어 조각들을 되짚어보면 헨젤과 그레텔처럼 돌아가야 할 곳을 찾을 수 있지 않을까 하는 희망이 생기는 듯했다.

대학 시절부터 버리지 않고 모아둔 자료들을 열심히 뒤져보았지만 안타깝게도 마땅히 기회로 느껴지는 것이 없었다. 세상 모든 일에는 타이밍이라는 것이 있는데, 내가 발견했던 것들은 모두 그 타이밍이 한참 지나간 것들 뿐이었다. 그때 이것들을 했다면 지금 정말 대박이 났을지도 모르는데… 그때는 무엇 때문에 적극적으로 움직이지 못했던 걸까?

그런 생각을 이제 와서 하기에도 지나가버린 꿈의 기억은 아득히 멀어져 있었다. 어떤 것들은 한참을 봐도 내가 당시에 무슨 생각을 했던 건지 기억나지 않았다. 기억을 통조림에 담을 수 있다면 기한을 만 년으로 할 텐데….

대학 시절에는 나름 IT 창업 동아리의 기획파트장이었다. 교육 성격이 강했던 동아리였기 때문에, 기획파트장이라 함은 동아리 활동의 기획을 하는 것이 아니라 다른 사람들에게 기획이란 무엇인가를 가르쳐주는 직무를 담당하는, 이를테면 선생님 같은 것이었다.

활동 기간 동안 매주 내 또래의 친구들에게 기획이니 마케팅이니 이것저것 주워들은 지식을 최대한 있어 보이게 포장해 전달해야 했다. 내가 누굴 가르치다니, 지금 생각해보면 모두가 어리고 지식이 부족하기에 가능한 일이었다. 아니면 내가 사기에 재능이 있거나.

어찌 되었건 지식을 전달해야 한다는 임무를 가지고 있었기 때문에 남들보다 더 많이 공부하고 자료도 많이 찾아봐야 했다. 그 경험이 어찌어찌 지금까지 밥벌이를 하던 밑천이 되었다는 사실은 부정할 수 없었다. 기획과 마케팅은 내가 '그나마 잘하는 척'할 수 있는 일이었다.

그때의 기획들, 내가 했거나 다른 친구들이 했던 자료들을

보다가,

'서비스를 만들어볼까?'라는 생각이 들었다.

카페보다 허황된 꿈같지만 적은 자본으로 시작하기에는 현실적으로 괜찮은 선택이 될 수 있다. 예전보다 개발 도구라던가 서비스를 보조하는 시스템을 저렴하게 이용할 수 있는 시대다.

스스로의 힘으로 일어나고 싶던 나에게는 퍽 아름다운 미래, 밝은 내일이 기다리고 있을 것만 같았다.

그런데 무슨 서비스를 만들까? 스마트폰이 주류로 자리 잡은 이후 이미 별별 서비스가 다 나왔는데 이미 있는 서비스에 도전하기에 기술력도, 인맥도 없는 내가 할 수 있는 일은 그리 많지 않았다.

마침 아버지께서는 당신께서 자주 가시는 산악회의 가입 나이 제한 때문에 들어오지 못하는 사람들이 많고 자신도 이제 나가야 하나 걱정하고 있다는 이야기를 하셨고, 은퇴를 맞이한 큰아버지께서는 도무지 할 일이 없어 아침 일찍 무료 지하철을 타고 어느 노선의 종점을 찍고 돌아오는 것이 삶의 낙이라는 이야기를 하셨다.

"은퇴를 맞이한 중년들이 딱히 할 일이 없다."

라는 매력적인 문장이 완성되고 있었다. 중년들에게 취미 활동을 찾아준다는 것을 빌미로 사람들을 모으고, 그들의 니즈를 충족시키며 그 사이에서 수수료를 빨아먹어 보자는 야심차고 허황된 꿈.

나는 졸업한 이후 처음으로 개발 도구를 꺼내 들었다.

깊이에의 강요

창업을 꿈꾸는 대부분의 퇴사자들은 돈 문제 때문에 깊은 절망에 빠진다.

자신이 가진 기술로 이미 수익을 창출하면서 시작하는 경우라면 모르겠으나, 대부분의 경우 회사에서 겸업 금지 등을 계약 사항에 넣기 때문에 이런 케이스가 흔하지는 않다. 꼭 계약 때문이 아니더라도 회사를 다니면서 돈을 벌 정도의 다른 일을 한다는 것은 그 사람의 능력이 굉장히 뛰어나거나 퇴근 후에 다른 일을 해도 지장을 받지 않는 좋은 직장에 다니고 있다는 뜻이다.

그렇기에 예상보다 큰 지출과 시간의 사용이 필요한 창업은 언제 다시 수입이 생길지 모르는 백수에게 굉장한 위험 부담으로 다가오게 된다.

상황이 그러다 보니 우리는 '젊은 나이에 성공한 사업가가 알고 보니 금수저'라는 이야기를 들으면 상당히 배 아파한다. 여유는 기회를 더 많이 가져다주고, 더 좋은 품질의 결과물을 약속하며 치명적인 실수도 적당히 무마시켜준다는 것을 잘 알고 있기 때문이다.

창업뿐이랴, 예술을 하려고 해도 일단 '뒷배경'이 필요하다. 카탈루냐 관광 산업을 먹여 살리는 위대한 건축가 가우

디도 구엘이라는 후원자가 없었다면 그 멋진 건축물들을 현실로 옮기지 못했을 것이요, 반 고흐의 동생 테오가 '형, 거 쓸데없는 데 시간 허비하지 말고 와서 장사나 좀 돕지?'라고 말하는 인물이었다면 인류 역사에 남을 위대한 작품들을 남기지 못했을 것이다.

하지만 모두가 후원자를 만날 수 없다. 그래서 정부는 창업자를 지원하는 이런저런 프로그램을 운영한다.

가난한 나는 지원 사업을 떨어뜨려 놓고는 창업을 생각할 수 없었다. 다음 지원 프로그램 공고를 기다리며 이전에 진행했던 공고문들을 살펴보았는데, 지원을 해줄 수 없는 사업자 항목에 이런 내용이 있었다.

[사회적 물의를 일으킬 수도 있다고 예상되는 서비스]

분명 초기 기획은 중장년층 사람들을 만나게 해주는 서비스 정도로 생각했는데, 그렇게 되고 보니 사람들이 모여서 일어나는 사고, 각종 사기 등이 쉽게 떠올랐다. 특히 노인들에게는 약장수가 꼬이기 마련이니 말이다.

그래서 타이틀을 '은퇴한 중장년층의 취미활동 알선 서비스'로 바꾸고 마치 사회적 기업을 하려는 따뜻한 청년인 척 거짓말을 쓰기 시작했다. 정말 내가 더 좋은 사회를 만들기 위해 불철주야 일하고 있는 것처럼 계획서를 작성하다 보니 스스로를 세뇌하는 단계까지 이르렀다.

"거동이 불편한 노인 등 사람과의 애착을 필요로 하는 소외계층에 봉사 활동을 알선할 수도 있을 것이며, 은퇴 후 가장 압박으로 다가온다는 금전적인 문제도 소일거리 알선을 통해 해결하고 원한다면 무엇이든 배울 수 있고 교육자 역시 이 플랫폼을 통해 수익을 창출할 수 있으며…"

계속 살을 붙이고 좋은 말로 포장하다 보니 정부도 지금까지 해내지 못한 일을 해결하는 기가 막히는 서비스가 만들어지고 있었다. 이게 성공한다면 보건복지부 장관도 노려볼 수 있겠고 세계로 나가면 노벨 평화상도 받을 만한 위대한 기획이었다. 그 말인 즉슨 이도 저도 아닌 서비스이며, 절대 실현이 불가능하다는 뜻이었다.

한국인 필수 앱인 카카오톡도 초기에는 메시지 하나 보내는 데 몇 십 초는 기다려야 하는 기초적인 메신저에서 출발해 계속 보완을 거쳐 지금까지 온 것이다. 개발도 제대로 못하는 녀석이 이런 것을 만들 수 있을 리 없었다.

나의 기획은 개판이었다.

누가 내 기획을 보고 피드백을 준 것도 아니고 그냥 평가
기준이 그렇다는 말에 혼자 마른날 이불 털리듯 탈탈 털리고
는 이상한 기획을 만들고 있었다.

나의 뿌리 깊은 염세주의에 지대한 영향을 끼친 독일의
작가 파트리크 쥐스킨트는 그의 단편 소설 《깊이에의 강요》
를 통해 사람이 받는 상처와 그로 인해 발생하는 거대한 일
들이 사실은 별것 아닌 것에서 시작하는 것이 아닐까 하는
의문을 제시한다.

주인공은 꽤 명망 있고 미래를 촉망받는 화가다. 어느 날
그녀의 그림을 본 평론가가 그림에 이런 평가를 남긴다.

"당신에게선 재능이 느껴지고 작품은 마음에 와 닿습니
다. 그러나 당신에게는 아직 깊이가 부족합니다."

애써 상처받지 않은 척하며 더 좋은 작품을 내기 위해 노
력하지만, 평론가가 저 내용을 신문에도 기고한 탓에 다른
사람들도 그녀의 그림을 보고 깊이 타령을 하기 시작한다.

주인공은 '깊이'에 대해 고민하며 거장들의 작품이나 문헌을 찾아보고 깊이 사색한다. 그러다가 진짜 자기 작품에 깊이가 없다고 느끼기까지 한다. 길을 잃어버린 것이다. 당연히 그 기간 동안 새로운 작품이 만들어지지 않았다. 스트레스에 미쳐가던 작가는 결국 라디오 타워에서 몸을 던져 자살한다.

깊이란 무엇인가?

나는 그런 종류의 '사실은 어디에도 없는 깊이'를 찾고 있는 것이 아니었을까. 너무 생각이 많아 한 발짝도 떼어내지 못하고 오히려 더 깊은 고민에 빠지고 있는 것은 아닌가. 이건 퇴사 후 추락해버린 자존감의 문제인가, 그로 인해 반드시 성공해내야 한다는 압박을 받고 있는 걸까.

모든 것이 혼란스러운 가운데 다시 소설로 돌아가 그녀의 죽음 이후를 살펴보면, '젊고 유망한 화가의 자살'이라는 자극적인 소재에 미디어는 흥분하고, 그녀의 자살에 큰 원인이 되었던 평론가는 그녀를 추모하는 글을 쓴다.

"소박하게 보이는 그녀의 초기 작품들에서 이미 충격적인 분열이 나타나고 있지 않은가? 사명감을 위해 고집스럽게 조합하는 기교에서, 이리저리 비틀고 집요하게 파고듦과 동시에 지극히 감정적인, 분명 헛될 수밖에 없는 자기 자신에 대한 피조물의 반항을 읽을 수 있지 않은가? 숙명적인, 아니 무자비하다고 말하고 싶은 그 깊이에의 강요를."

대체, 깊이란 무엇인가?

구려서 안 돼요

정부는 창업에 뜻이 있는 도전자에게 지원을 아끼지 않겠다고 이야기했지만 그렇다고 해서 아무에게나 세금을 펑펑 쓸 수는 없는 노릇이었다. 도와만 주면 성공할 수 있다고 쉽게 약속한 뒤 그에 대한 책임을 지지 않는 사람을 우리는 얼마나 많이 봐 왔는가. 그 와중에 부탁조차 제대로 할 줄 모르는 사람은 또 얼마나 많이 봐 왔는가.

그래서인지 정부에서는 괜찮은 창업자들이 적절한 방법으로 지원 사업에 지원해주길 바라는 마음에서, 관련 내용을 설명해주는 설명회를 자주 열고 있다.

내가 참여한 곳은 분명 '2019년 정부 주도 지원 사업 설명회'라고 했는데 시작부터 아직 2019년이 안 돼서 확실하게 말해줄 수 없다는 이야기를 꺼내는 이상한 설명회였다.

강사로 초빙된 사람은 과거 창업을 통해 사업을 어느 정도 궤도에 올렸고, 그래서 정부에서 지원자를 심사하는 일과 멘토링을 하고 있다고 자신을 설명했다.

거친 성장 환경과 남들보다 부족한 학력이 콤플렉스지만 본인이 본인 입으로 그렇다고 말함으로써 조금은 무례하게 느껴질 정도로 거친 표현에 대해 전혀 미안해하지 않는 타입의 사람이었다.

하지만 직선적이고 거침없는 그의 성격 덕분에 설명회는 빙빙 돌리는 것 없이 명쾌하게 진행되었다. 강사로 초빙할 정도라면 분명 그럴만한 이유가 있는 것이다.

직접 심사를 담당하는 사람이라고 하니 설명회에 참석한 사람들은 그가 생각하는 평가 기준과 가치관을 캐치하기 위해 온 감각을 집중하고 있었다.

구구절절 설명하는 글과 자료를 붙인 제안서를 제출해봐야 실제로 심사할 때는 1분도 쳐다보지 않는다는 이야기, 정부 자금을 조금이라도 허튼 곳에 쓰려는 낌새가 느껴지면 칼같이 벌금으로 돌아온다는 이야기 등등 모두가 알고는 있지만 까먹기 쉬운 내용을 짚어주다가, 꼭 나 들으라는 듯한 이야기를 꺼냈다.

"읽다 보면요, 어쩜 사람들 하는 생각이 그렇게 똑같은지 모르겠어요. 애견인 천만 시대, 초 고령화 사회… 이런 단어가 나오면 뒷내용이 전혀 궁금해지지 않아요.

저희는 이제 앱이나 서비스 만드는 건 거의 선정 안 해요. 성과 측정도 애매하고, 다른 업종보다 빨리 만들고 빨리 사라지다 보니 대충 완성품만 만들고 지원금 가지고 사라지는 일이 너무 많거든요. 뭐 서비스 종류에 따라 다른데, 수익도 문제죠. O2O온라인과 오프라인이 결합된 서비스하면서 수익률 몇 퍼센트씩 떼먹는 거, 이런 거 무조건 안 됩니다."

그렇구나, 나의 제안서는 첫 페이지가 열리자마자 휴지통에 처박히겠구나.

설명회가 끝날 때 즈음, 대학생 몇 명이 강사에게 자신들이 작성 중인 사업계획서를 한 번 검토해달라고 부탁했다. 강사는 흔쾌히 수락하면서 대신 이 자리에 있는 사람들에게 자신이 어떤 식으로 사업계획서를 보는지도 보여주겠다고 이야기했다.

제안서 파일이 열리자마자 읽어보기는 하는 건지 빠른 속도로 스크롤을 죽죽 내리기 시작했다. 너무 빨리 지나가서 파악하기 힘들었지만, 대충 교육 콘텐츠를 직접 제작해 공급하는 온라인 서비스를 만들고 있는 듯했다.

"이건 통과 못합니다."

누구도 예상치 못한 짧은 거절의 문장이 나왔다.
학생들은 제대로 보기는 했냐고 항변했다.

"콘텐츠는 누가 만드는데요?"

"그건 저희 전부 유아교육과 학생들이라…."

"그 콘텐츠 애들이 보면 뭐가 좋은데요? 왜 사람들이 구매할 거라고 생각하는데요?"

"제안서 보시면 써 있지만, 어린이들 정서 함양에 도움이 되고…."

"제가 창업은 돈 버는 게 1순위라고 했죠? 자식들이 대학 들어가기 전까지, 학부모들은 대학 가는 데 도움되는 것 아니면 절대 돈을 쓰지 않아요."

"그치만…."

"그리고 팀원이 제일 문제예요. 콘텐츠는 그렇다 치고 플랫폼 개발은 누가 할 건데요? 더 할 말 없습니다. 이건 인원이 구려서 안 돼요."

강사는 쿨-하게 마이크를 껐다.

학생들이 바득바득 항변하는 바람에 수정 방향을 논의하는 건설적인 대화로 넘어가지 못한 것도 있었지만, 꼭 저렇게 날을 세워서 말을 해주었어야 했을까. 차라리 정말 닿을 수 없는 개선점을 이야기해서 현실을 스스로 깨닫게 하는 방법도 있었을 텐데… 하긴, 현실을 이야기하는 방법은 사람마다 다른 법이다.

상대방은 눈길 줄 생각도 안 하는 기획을 열심히 밀어붙이고 있는 모습을 보자니 퇴사 직전 대표 앞에서 한 프레젠테이션이 떠올랐다.

당시 회사에서는 내가 소속된 팀을 갈라서 지금과는 다른 체제로 운영하게 될 것이라는 소문이 돌고 있었다.

그런데 이상했다. 대표가 나를 개인적으로 불러서 투자 이후에 진행할 수 있도록 준비를 지시했던 일은 팀이 갈라져서는 제대로 실행할 수 없는 일이었다.

그래서 불안한 마음에 대표에게 면담을 요청해 전에 지시했던 프로젝트를 어떻게 준비하고 있는지, 투자를 받은 이후에는 어떤 방식과 일정으로 진행하게 될 것인지, 무슨 효과가 나타날 것인지 등등을 열심히 설명했다.

그런데 설명하면 할수록, 대표가 전혀 듣고 있지 않다는 느낌을 지울 수가 없었다. 말하면서 반응을 살펴보니 노트북 너머로 다른 업무를 보고 있는 듯했다. 나뿐만 아니라 그 자리에 있던 팀원도 그렇게 느꼈으니 사실이었을 것이다. 느낌은 진실이었다.

그리고 일주일 뒤 나는 퇴사 통보를 받았다.

소문은 사실이었고, 팀은 폭파되었다.

싸-한 예감은 틀리지 않았다.

회사에 도는 나쁜 소문은 대부분 팩트다.

다른 팀 동료가 그 발표 전에 이사가 보고 있는 화면에 '긴축재정/정리해고' 문구가 띄워져 있는 것을 목격했다고 했으니, 내가 계획을 이야기하는 시점에 이미 나의 방출은 결정된 사항이었을 것이다.

앞에서 열심히 설명하는 모습이 얼마나 바보 같았을까?

어차피 나갈 사람이라고 결정했으면서 왜 굳이 시간을 내서 더 큰 모멸감을 주었을까?

자신들의 정리해고 결심에 확신을 얻기 위해서였을까?

그나마 훔칠 아이디어가 있는지 보기 위함이었을까?

들을 생각도, 의지도 없는 사람에게 나의 생각과 존재감을 어필해야 하는 것만큼 고통스러운 일도 없다. 하지만 우리는 일이라는 것을 하기 위해, 적어도 사회생활을 하는 사람은 반드시 그 관문을 넘어가야 한다.

그리고 그 과정은 취직보다 창업을 준비할 때 더 매섭게,

자주 만나게 될 것이었다.

맞서 싸우는 대상이 커질수록 풍파는 더 커지는 법인데, 이제는 회사가 아니라 세상을 상대로 두들겨 맞아야 하는 상황이었다.

그 후로 다른 설명회도 몇 군데 기웃거렸지만 이때의 설명회만큼 강한 자극을 준 설명회는 없었다. 그 거친 강사는 어쩌면 나에게 있어 귀인이라고도 할 수 있겠다.

Part 4

퇴사 후에 맞는 역풍

아홉 명 중 여덟 명이 반대하는 일

퇴사를 맞이하면 평소보다 더 많은 약속이 생겨난다.

누군가의 삶에 급작스러운 변화가 일어났다는 사실을 알게 되면 주변 사람들은 그 이유를 궁금해하기 마련이다. 꼭 그런 이유가 아니더라도 퇴사를 계기로 얼굴이나 한 번 보자는 사람이 많았다는 것은 제법 괜찮은 인간관계를 가져왔다는 고마운 증거이기도 했다. 거절할 이유도 없었다. 시간은 정말 넘쳐났다.

그리하여 퇴사 후 한 달 정도는 일주일에 두세 번씩 나의 퇴사 사유를 설명하는 '퇴사 설명회'가 개최되었다. 처음에는 감정을 담아, 당시의 상황을 열과 성의를 다해 설명했지만 계속 반복하다 보니 내가 지루해져서 그냥 정치에 밀려서 나오게 되었다고 짧게 둘러대기 시작했다. 나중 되어서는 우크라 대학으로 표범 해부학을 공부하러 간다거나, 짐바브웨로 아르바이트를 하러 가려고 퇴사했다는 등 나사 빠진 소리도 하기 시작했다.

납득할 만한 설명을 들었거나 자세한 이야기 듣기를 포기한 사람들은 자연스럽게 이후 계획을 물어보았다. 조금 거리가 있다고 생각되는 사람들에게는 일단 몇 달 동안은 쉬고 싶다는 이야기를 했고, 친한 사람들에게는 기획 중인 플랫폼의 대략적인 방향을 이야기했다.

그런데 정말 놀라울 만큼 그 누구도 이 사업을 긍정적으로 평가하지 않았다.

창업을 생각하면서 이곳저곳 기웃거려보았거나 실제로 창업을 경험했던 친구들도 있었다. 다들 IT 플랫폼을 만들다가 실패했거나 주변에서 크게 말아먹고 나락으로 떨어진 사례를 많이 보았기 때문일까. 내 계획의 실현 가능성 자체가 낮기 때문일까. 모두들 큰 우려를 표명했다.

다들 반대하다가 '뭐, 너 하고 싶다면 어쩔 수 없지만' 이런 식으로 만남이 마무리되곤 했다. 뭐가 잘못된 걸까 생각을 하다가 문득 20대 초반에 차를 사겠다고 주장하던 친구가 떠올랐다.

친구는 당시 군대에 가기 전 아르바이트와 인턴 사이 어딘가에 있는 일을 하고 있었다. 사장이 얼마나 악덕했는지 최저 시급으로 계산해 월급을 주면서 정부 고용 지원금을 받아먹는 증빙으로 활용하고, 신고가 완료된 후에는 다시 대표 개인 계좌로 월급의 일부를 돌려받는 형태로 회사를 운영하고 있었다.

황당할 정도로 착한 친구는 그런 상황에 순순히 사장이 시키는 대로 해주면서 야근까지 하고 있었다. 정말 충격적인 운영 방식이라고 생각했지만 사회에 나오고 보니 그런 식으로 사람을 쓰는 기업이 정말 많았고 그런 조건에서라도 일을 해야 하는 사람들은 그보다 훨씬 많았다. 서글픈 현실이다.

아무튼 그런 상황의 친구가 어느 날 갑자기 차를 살 것 같다고 자랑하기 시작했다. 그것도 SUV를. 문제의 그 사장이 자신이 타던 차를 바꾼다고 싸게 사라고 꼬드긴 모양이었다. 친구를 그렇게 착취하고 자기는 좋은 차 타러 갔겠지.

당장 차를 살 수 있는 돈을 모아놓았더라도 유지비를 감당하지 못해 무너져버리고 말 것 같은데 이미 친구의 꿈은 애드벌룬처럼 거대하게 부풀어, 마음속에서는 이미 전국 일주를 몇 바퀴 돌고 온 상태였다. 그 꿈이 터져버릴 때의 고통도 그만큼 클 것 같았다.

상황을 직감한 친구들은 모두가 한마음 한뜻으로 친구를 설득하기 시작했다. 냉정하게 생각하면 지금 너의 상황에서는 차가 필요하지 않다, 운전이란 것이 생각보다 즐거운 것은 아니다, 유지비에 보험금이나 자동차 수리비도 들어가는 건데 그런 고민은 해보았느냐 등등 다양한 증거를 제시하며 친구의 꿈을 가로막았다. 친구는 자신의 아름다운 계획에 태클을 거는 친구들에게 섭섭해하는 듯했지만.

친구는 아직 차가 없다.
천만다행이라고 생각한다.

지금 나의 상황도 다른 친구들이 보기에는 그것과 크게 다르지 않을 것이라는 생각이 들었다. 모두가 반대하는 데에는 그럴 만한 분명한 이유가 있는 것이다. 나는 내 계획의 부정적인 면을 애써 모르는 척하고 있었을 뿐이다. 정말 좋아할 때는 매력적인 부분만 보느라 부정적인 부분은 작게 느껴지고 어떻게든 극복할 수 있는 것이라고 생각하기 마련이다. 일이든, 연애든, 뭐든.

어디서 지원도 받을 수 없고 주변 사람들마저 반대하니 더 이상 프로젝트를 진행할 힘이 남아 있지 않게 되었다. 그렇게 또 망치고 도망치고 있었다. 나는 또 실패해서 제자리에 멈춰 있는데, 시간은 어느새 퇴사한 지 두 달이나 지나가 있었다.

불안해지기 시작했다.

삼국 문명의 카드게임

두 번째 계획이 파투났기 때문일까. 뒤늦게 퇴사 우울증이 폭발하고 말았다.

살아서 뭐 하나 싶고, 더 이상 어떤 것도 하고 싶지 않은 나날이 계속되었다. 와중에 시간은 속절없이 흘러가고 있었다.

일을 하고 있을 때 찾아오는 우울증은 일에 더 집중하면서 조금씩 빠져나가고 있다는 자기 최면을 걸 수 있다. 하지만 일도, 계획도 없는 상태에서 찾아오는 우울증은 차고 올라갈 수 있는 바닥을 가늠할 수 없는 상태로 끝없이 어딘가로 빠지고 있는 느낌을 준다. 계속 허우적거릴 뿐 벗어날 수 있는 방법은 어디에도 없다. 그런 것이 있다면 그것은 이미 우울증이 아니다.

스스로가 조금 심각한 상황인 것 같아 심리 치료를 알아보았다. 그 어떤 병원도 진찰료가 얼마인지를 명시하지는 않았는데 다른 사람들의 후기 등을 통해 비용을 유추해보니 우울감이 더 커지는 것 같았다. 언제 다시 수입이 생길지 모르는 상황에서 그렇게 비싼 비용을 치료에 사용하는 것은 부담스러웠다.

마음의 병도 돈이 많아야 고칠 수 있는 모양이다.

애초에 마음의 병이란 것은 무언가의 결핍에서부터 찾아오고, 세상만사 모든 부족함은 돈 문제에서 시작되지 않는가. 세상은 모순으로 가득하다.

비어 있는 시간과 공허함을 채우기 위해서 사람들이 탐닉하게 되는 것이 몇 가지가 있는데, 나의 경우에는 게임이 그 위치를 당당하게 차지했다. 스토리가 탄탄하거나 연출이 좋은 게임을 하면 문학적 소양이라도 올라갈 텐데, 내가 중독된 것처럼 플레이하던 것은 카드놀이솔리테르Solitaire였다. 윈도우에 기본으로 내장되어 있는 그 게임 맞다.

대체 무슨 생각에서 하루 종일 카드놀이를 한 걸까. 엉키고 섞여버린 카드를 순서대로 줄 세우면서 꼬일 대로 꼬여버린 내 인생의 문제들을 정리하는 듯한 만족감을 얻고 싶어서였을까. 최소한의 비용으로 뭔가 하고 있다는 느낌을 얻기 위해서였을까.

사람이 우울할 때 보이는 행동들은 논리적으로 설명할 수 없기 마련이다. 게임 속에서는 규칙을 완성시켜 미션을 완수하고 있었지만 그러면 그럴수록 내 현실은 거대하게 꼬여가고 있었다.

그러다가 어느 날은 하루 종일 카드놀이를 하다가 공허해져서, 며칠 동안은 하루 종일 〈문명〉이라는 유명한 타임머신 게임을 했고, 그것마저 질리고 나서는 〈삼국지〉를 플레이하기 시작했다.

모두가 아는 그 소설 삼국지를 게임으로 만든 삼국지 시리즈는 세력을 모아 나라를 세우거나 한 명의 장수로 지내면서 중국 대륙을 통일하는 것을 목표로 진행하는 게임이다. 굉장히 유명하고 오래된 시리즈지만 실제로 플레이하는 건 처음이었다.

게임 속에서 하는 행동들이
우리네 삶과 크게 다르지 않은 듯했다.

생계를 유지하면서 사람을 만나고, 마음에 든 사람이 있으면 친해지기 위해 찾아가거나 만날 자리를 만들고, 상대가 좋아하는 행동을 해주면서 동료로 만들기도 하고, 친구의 친구를 데려오는 등 세력을 키워서 더 큰 목표를 향해 나아가는 것.

현실에서는 절대 생각대로 되지 않는 일이었다. 하지만 게임이니까, 이 모든 과정이 놀랍도록 손쉽게 진행되었다.

이름만 들어도 알 만한 장수들까지 내 편으로 만들어 다른 군벌들을 하나씩 하나씩 쓰러뜨리면서 세력을 늘려나가는 곳사슴 군의 천하통일은 이제 시간문제인 것 같았다.

글자 그대로 아침에 눈 뜨고 잠들 때까지 삼국지를 하다가 새벽이 되어 자려고 누웠는데, 잠이 오지 않았다. 커피를 마시지도 않았는데, 낮잠도 자지 않았는데 가슴이 답답하고 숨이 안 쉬어지면서 잠들 수 없었다.

아마도 "지금 무엇을 하고 있는가"라는 물음에 스스로 떳떳할 수 없기 때문이었을 것이다. 그렇다고 해서 "이제 무엇을 해야 하는가"라는 물음의 답 또한 찾을 수 없었다. 총체적 난국이었다.

게임 속의 나는 난세의 영웅이오, 모두가 흠모해 멀리서부터 찾아와 자신을 등용해달라고 요청할 정도의 이상적인 리더였지만 현실은 지방 소도시에서 잡일이나 맡다가 군량이 아까워서 내쳐진 장수와 다를 바 없었다. 게임 속 장수는 이름과 직책이라도 있지, 나는 마을 퀘스트에 등장하는 [노 인]보다 못한 생활을 하고 있다는 생각을 떨칠 수가 없었다.

역사에 이름을 남길 정도로 업적을 세우는 피곤한 삶을 살고 싶지 않았다. 하지만 자기 일에 확신을 가지고 몰두하는 매력 있는 사람이 되고 싶었다.

　어디서부터 잘못된 걸까. 나의 업은 어디로 갔고 어디서 다시 찾을 수 있는 걸까.

　잠들 수 없어 끝없이 생각을 하고 있지만 끝끝내 답을 찾을 수 없던 밤이었다.

아픈 날 들리는 이명

나는 병가 제도 같은 것이 있어도 아플 일이 없어서 쓰지 못하는 사람이다.

성격상 적당히 아파도 그냥 모른 척 넘어가는 것도 있지만 그 이상으로 타고난 건강함이라는 것이 있다. 매년 연말 정산을 할 때 병원비 항목을 보면 한 달 실비 보험료보다 적은 일 년 병원비 지출에 놀라곤 한다. 그래선지 아직 따로 보험에 가입하지 않고 있다.

그런데 퇴사 후 심한 몸살감기에 걸렸다. 원래 퇴사하면 각종 질병이 깨끗하게 나아야 하는 게 맞는 것 같은데, 조금 오슬오슬하지만 다음 날이면 괜찮아질 거라고 자신의 건강을 과하게 믿었던 것이 화근이었나 보다.

몸살에 걸리면 관절 마디마디가 쑤시면서 이불 속에 웅크리고 있게 된다. 몸을 동그랗게 말고 약 기운에 취해 자다 깨다를 반복하다 보면 주변의 사물이 커 보이기 시작하고 자신이 한없이 작게 느껴진다. 그렇게 누워 있는 와중에도 우울한 생각은 밀물처럼 밀려왔다.

특별히 하고 있던 일도 없고 앞으로 해야 할 일이 없으니 생각은 자꾸 과거로만 갔다. 그 여파인지 꿈속에서는 과거의 일들이 계속해서 나타났다. 억울했던 일, 누군가에게 미안했던 일, 지금 생각해도 너무 쪽팔려서 이불을 뻥뻥 차야 하는 일, 일생일대의 기회를 바보같이 놓쳐버린 일….

이상하게 좋았던 일들은 생각나지 않고 나쁜 일들만 떠올랐다.

아니 애초에 좋은 일이 있었던 적이 있었나. 좋은 일이라고 생각했는데 시간이 지나니 독이 되어서 돌아온 일들도 많았지. 모든 생각의 흐름은 그런 식이었다.

시간은 자꾸 뒤로 가 군대 꿈까지 꾸게 되었다.

이제 예비군도 끝나서 더 이상 군복 입을 일도 없는데, 가장 서러웠던 순간의 기억이 너무 선명하게 떠올랐다. 눈을 뜨니 식은땀이 나고 심장이 뛰어서 다시 잠들 수 없었다. 군대를 다녀올 수밖에 없는 나라의 남정네들은 필연적으로 크고 작은 PTSD외상 후 스트레스 장애를 안고 살아갈 수밖에 없는 걸까.

그런데 그 일에 대해 다시 생각해보려 해도 나를 괴롭히던 사람의 이름이, 얼굴이 또렷하게 생각나지 않았다. 어떤 사람인지, 어떤 습관을 가지고 있었고 어떤 점 때문에 싫어했는지도 분명 기억나는데 이름 석 자가 좀처럼 떠오르지 않았다.

기억에서 사라진 사람은
군대에만 있는 것이 아니었다.

예전에 내가 좋아했던 사람, 나한테 큰 상처를 주었거나
역으로 내가 주었던 사람 등등, 그들과의 사건은 분명 기억
하지만 사람에 대한 기억은 점점 사라지고 있었다. 어쩌면
사건도 시간이 지나서 잘못 기억하고 있는 것일지도 모른다.
시간이 더 지나면 그런 일이 있었다는 기억조차 희미해질 것
이었다.

알폰소 쿠아론 감독의 영화 〈칠드런 오브 맨(2016)〉 속 세
상에는 알 수 없는 이유로 아이가 태어나지 않게 된다. 더 이
상 번식할 수 없는 인류에게 멸망이 찾아온 것이다. 그 와중
에 세상 가장 낮은 곳에서 임신을 한 여성이 등장하고, 주인
공이 이 여성을 안전한 시설로 옮기는 것이 영화의 주된 줄
거리다.

더 이상 미래를 생각할 수 없게 된 인류는 새로운 것을 만
들지 않는다. 새로운 음악을 만들지 않고, 새로운 예술 작품
이 나오지 않으며 심지어 오래된 문화재를 파괴하는 사람들
도 생겨난다. 이런 세상에 아기의 등장은 얼마나 충격적인

사건인가. 또 그 현상을 자기 마음대로 해석하는 사람은 얼마나 많을 것인가.

그리하여 이들을 보호하기 위해 파견된 주인공은 테러가 만들어낸 폭발음 때문에 이명에 시달리게 되고, 의뢰인이자 전 부인은 이렇게 말한다.

귀에서 들리는 이명은 청각 세포가 죽어가는 소리야.

백조의 노래 같은 거지.

세포가 죽으면 그 음역대는 두 번 다시 못 들어.

그러니 들을 수 있을 때 들어.

이 대사는 영화 전체를 관통하는 대사가 된다고, 나는 생각한다.

사라져가는 모든 것에 귀 기울이라고,

그 존재의 소중함을 생각하라고.

그 아픈 날 떠오른 선명한 기억들은 다음 날이면 이번만큼 선명하게 떠올릴 수 없고, 어쩌면 앞으로 영영 떠올릴 수 없는 것들이었을까.

자의였든 타의였든 회사를 떠나게 되면서 나는 사람들에게 어떤 이명을 남기고 나왔을까.

내가 그들을 기억하는 만큼 그들도 나를 기억할까.

의문에 대한 답을 찾을 수 없는데 새로운 생각은 자꾸만 밀려와 나는 잠들 수 없었다.

점을 본다고

달라지는 것은

없겠지만

많이 의지하던 여자 친구와 헤어져 힘들어하던 친구는 사주부터 시작해서 신점, 타로, 카드점 등등 종류별로 참 다양한 점들을 보고 다녔다. 점을 본 적도 없고 당시 연애를 해본 적도 없던 나는 친구의 행동이 전혀 이해되지 않았다. 점을 본다고 그녀가 돌아오는 것도 아닐 텐데. 결국 자기가 아니라면 아닌 걸 텐데 말이다.

첫 직장에서 직무는 다르지만 난생 처음 후배라고 맞이했던 친구도 비슷했다. 삶이 조금 힘들어지면 각종 점을 보러 다닌단다. 자기 팔자가 조금 개판인 건지, 관상이 험해서 그런 건지 좋은 이야기를 해주는 사람이 드물다고 했다. 그렇게 사나운 팔자 치고는 지금은 꿈꾸던 직장에 들어가 행복하게 잘 사는 것 같아 보이긴 한다만….

아무튼 그때 그 직장에서 퇴사를 다짐하고 남미행 티켓까지 샀으나 아직 퇴사 통보는 하지 않은 상황이었다. 설 연휴라 모처럼 사람들이 일찍 퇴근했으나 나와 후배는 별 시답잖은 이유로 남아서 야근을 하게 되었다.

어찌어찌 일을 마무리하고 나오니, 연휴 직전의 거리에는 지나가는 사람도 없었고 간단하게 저녁을 먹을 만한 곳도 보이지 않았다. 어차피 시간이 애매하니 같이 저녁이나 먹자고 버스 정거장 근처의 떡볶이 집에 들어가 떡볶이를 집어먹으면서 후배와 대화하다가 갑자기 우울해졌다.

다른 친구들은 명절이라고 회사에서 상여금도 나오고 연휴에 휴가까지 붙여 써서 해외 여행을 간다고 자랑하는데 나는 그 긴 연휴 동안 단 하루 쉬고 내일모레부터 다시 출근해야 하는 상황이었다. 적은 월급과 과도한 업무를 꿈으로 포장하기엔 광고는 내 꿈도 아니었고 당시에는 퇴사까지 다짐한 상태였다. 그 우울한 상황에서조차 도망치고 있는 현실이 서글펐다.

나는 왜 이렇게 살아야 하는가.
그런 이야기를 하다가,
'아이고 내 팔자야' 소리를 외치다가…
그 길로 사주를 보러 갔다.

의식의 흐름으로 꾸며낸 이야기 같지만 정말 그랬다.

연휴의 시작점, 늦은 시간에 마땅히 문을 연 집을 찾기도 힘들어 길거리에 있는 사주 카페에 들어갔다. 아무리 좋게 생각해도 믹스커피를 탄 것 같은 맹숭맹숭한 커피를 시키고 앉아 있으니 사주를 봐주는 사람이 등장했다.

나는 외로운 팔자라고 했다. 사주를 정리하면 바다에 떠 있는 외로운 섬이라고 볼 수 있는데, 사람들이 많이 오가기는 하지만 정착하는 사람은 없단다. 그러고는 연애운 이야기를 하는데, 여자가 없다고 했다. 부정적인 의미로 그쪽이 사납다거나 그런 게 아니라 그냥 뭐 이야기를 만들 요소가 보이지 않는단다.

글자 그대로 '없다'고.
이제 와서 보니 참 용한 사람이다.

농담 따먹기 같다는 생각이 들면서도 일면식도 없는 사람이 나에 대한 이야기를 풀어주고 그 이야기에 맞춰서 나를 돌아보는 경험이 꽤 재미있었다. 점이라는 것은 나에 대해서 생각해보기 위해 보는 걸까.

그 후로도 힘들거나 심심할 때, 일 년에 한 번 정도는 사주를 보러 갔다. 그럼에도 불구하고 나의 삶은 조금이라도 나아지거나 풀리지 않고 심각하게 꼬여갈 뿐이었지만. X월에 여자를 만난다는 이야기를 했는데 진짜 연락하는 사람이 생겼네… 그런데 잘 되지는 않았네… 내가 그렇지 뭐… 딱 그 정도의 신뢰도.

'맞다. 그때 이런 이야기를 들었는데…'라고 생각하고 넘어가는 정도였지, 점쟁이의 말이 삶의 지침이 되는 일은 결코 없었다.

퇴사 후에, 심각하게 우울증을 앓고 있는 와중에도 시간이 흘러 새해가 밝았기에 다시 사주를 보러 갔다. 무슨 마음이었는지는 모르겠다. 그냥 내가 겪고 있는 우울증의 이유를 해결할 수 있는 묘수가 어쩌면 미신에서 나올지도 모른다는 실낱같은 희망이었을지도 모르겠다.

사주에 물이 있네.
나오신 학교가 K대처럼 큰 호수가 있다거나
강가에 있었나 봐요.

띠용

아무 데나 보이는 곳에 들어갔는데 뜬금없이 학교를 맞춰서 신뢰도가 급상승했다. 그런데 그 후로 해준 말들이 너무 상투적이었다. 작년까지 팔자가 꽉 막혀 있었는데 올해부터 풀릴 팔자다. 안정적인 일을 하는 것이 좋다. 4월쯤에 물을 한 번 건너가야 하니 제주도라도 다녀오라는 등 평소에 나한테 관심 없다가 면담 시즌이 되어서 억지로 대화를 나누고 있는 선생님을 마주한 기분이었다.

같이 들어갔던 친구들과 결과에 대해 대화하다가 사실 어지간해선 학교마다 호수나 연못 정도는 있다는 사실을 알게 됐다. 정말 얻어걸린 것이라고 봐야 했다. 결국 듣기 좋은 말만 들려주는 타입의 점쟁이었던 모양이다. 사실 대부분의 점이라는 것이 그렇다. 두루뭉술하게 이야기하면 듣고 있는 사람이 그 의미를 끼워 맞추는 방식으로 대화가 진행된다.

그런데 평소 사회에서 고통을 받고 있는 사람들이 '듣고 싶은 말'을 듣는 것이 얼마나 어려운지를 생각해보면 사람들이 계속 점을 보러 다니는 이유가 성립된다. 누구든지 물을 가까이하고 비행기 한 번 타는 것으로 복이 들어올 것이라고 이야기해주는 사람이 있다면 사는 일에 아주 작은 기대라도 생겨나지 않을까. 적어도 현실의 제정신인 주변 사람이 이런 낙관적인 이야기를 해주기는 힘드니까.

결국 나도 점을 통해서 길을 찾는 것이 아니라 듣고 싶은 말 좀 들어보자고 아무 점집이나 들어가고 본 것이었다.

회사 생활을 할 때에도 '듣고 싶은 말 타령'은 계속된다. 직장 상사들은 자신들은 절대 안 해주면서 우리에게 듣고 싶은 말을 해주길 참 많이 바란다. 그게 눈에 빤히 보임에도 불구하고 배알이 꼴려서 끝내 해주지 않는 나 같은 사람은 정치 싸움에서 밀려날 수밖에 없을 테다. 그런 말을 잘하는 것도 능력이다.

가끔은 점쟁이의 공허한 말보다, 아랫사람의 계산에서 나오는 말보다 진심이 담긴 '듣고 싶은 말'이 듣고 싶다. 결국 내가 먼저 그런 이야기를 하고 실제로 잘하는 짓이 있어야 그런 말도 듣게 되겠지만.

아무튼 기껏 보러 간 사주도 별 도움이 되지 않았지만 점을 보러 가는 이유를 파악했으니 나 스스로에게 긍정적인 말을 해주고자 거울 앞에 서 보았다.

우울증이 더 커지고 말았다.

Part 5

바
닥
과
의 조
우

누군가의　일생이　오는　것

같은 동네에서 오래도록 함께 지낸 친구들과 창업과 관련된 이야기를 자주 하는 편이다.

그러나 정작 창업을 한 친구는 없다. 프리랜서도 창업이라면 창업이겠지만, 일하는 시스템을 만들어서 굴리는 사업과는 조금 다른 방향이라고 생각한다.

그날도 친구 중 한 명이 돌아다니다가 괜찮은 아이템을 발견했다며 단톡방에 링크를 올렸다. 셔츠 소매에 있는 단추와 단춧구멍을 이어서 한 단만 접은 채로 고정시켜주는 아이템이었는데, 언제나 그렇듯 그런 거 있나 보다- 하고 지나가면 지나갈 소재를 내가 그만 덥석 물고 말았다.

아직 국내에는 내가 아는 한 저런 것이 없으며, 잘 포장해서 판다면 그럭저럭 주목도 받을 수 있을 것 같은데 만들고 팔기에는 또 애매해서 대기업에서 쉽게 노릴 것 같지는 않은 아이템이었다.

그런데 마음에 드는 아이디어를 발견해 추진하려고 보니 막상 내가 할 수 있는 것이 없었다. 계속 마케팅이나 글 쓰는 일만 해왔지 제조업은 근처에도 가본 적이 없었다. 제조업에 종사하는 사람들을 상대로 일한 적은 많아도 내가 해본 적은 없는 딜레마.

대체 내가 잘할 수 있는 일이 뭘까.

　나는 어디서도 한없이 부족한 사람이라는 생각이 다시 고개를 들었다.

　애초에 혼자 모든 것을 할 수 있는 사람은 없다.
　그게 가능한 사람은
　신의 영역에 있는 사람일 것이다.

　불교의 수많은 보살들 중에 천 개의 손과 천 개의 눈을 가지고 중생을 보살핀다는 '천수관음보살'이 있다. 불상을 보든 그림을 보든 실제로는 손이 천 개가 아니라는 것을 순식간에 알 수 있지만 상징성 때문에 숫자 1,000을 붙인다는 해석도 있다.

　고양이 손이라도 빌려야 한다는 표현이 있을 정도로 일을 할 때에는 수많은 손이 필요하다. 옛사람들이 생각하기에, 모든 것을 보면서 모든 일을 혼자 힘으로 해결할 수 있는 사람은 현실에 없으니 신으로 추앙할 만큼 능력 있는 존재를 나타내기 위해 저런 기괴한 형상이 나온 것이 아닐까. 그렇게 생각하니 '전지전능'을 표현하기에 저만한 것이 또 없어 보인다.

그러나 나는 사람이다. 그것도 왼손을 지독하게 잘 못 쓰는 오른손잡이다.

천재들 중에는 왼손잡이나 양손잡이가 많다는데, 나는 두 팔을 달고서는 한 팔만 그럭저럭 적당히 사용하고 있는 느낌이었다. 남들과 다를 것 하나도 없는 평범한 사람이라는 것을 증명이라도 하듯이.

결국 일이라는 것을 만들기 위해서, 나에게는 다른 사람의 손이 필요했다. 그런데 평범하고 무능한 내가, 다른 사람의 도움을 요청할 수 있을까?

누군가와 함께 한다는 것은 그 사람의 어떤 것을 책임져야 한다는 뜻이다. 지금 내 나이 또래 중에 일을 하지 않는 친구는 정말 손에 꼽을 정도고, 일을 하지 않는다는 것은 놀고 있다는 것이 아니라 다른 일을 도모하고 있다는 뜻이었다. 내가 하고자 하는 일에 따라와 달라고 쉽게 제안할 수 없었다.

나는 환대할 마음이 있는데,
다른 사람들은 나와 같이할 마음이 있을까.
두려웠다.

제안을 어떻게 해야 하나 고민하다 보니 나도 가까운 사람들에게 몇 번 창업에 함께하지 않겠냐는 제안을 받은 적이 있다는 사실이 기억났다. 당시의 상황 등 여러 이유로 함께한 적은 없다. 하지만 제안을 받았을 때 난감하기는 했어도 기분이 나빴던 적은 없었다. 그 제안에는, 적어도 어떤 분야에서는 나를 인정한다는 생각이 담겨 있었기 때문이다.

아무리 그 사람이 나와 일을 해본 적이 없더라도, 나에 대해서 잘 모른다고 하더라도 좋게 봐주었다는 것은 굉장히 기분 좋은 일이다. 그리고 같이 일 해보지 않겠냐고 물어봤을 때 기분 나빠할 사람이라면, 일을 같이 할 수도 없거니와 친구 관계로도 두어서는 안 되는 사람이라는 생각도 들었다. 그리하여 일단, 나에게 없는 기술이 있는 사람들에게 물어보는 일부터 시작했다.

"너, 나랑 일 하나 같이 하자."

당첨 없는 랜덤박스

만들고 싶은 아이템은 정해졌는데 어떤 식으로 만들어야 하는지 아는 것이 정말 1도 없었다. 대충 구조는 파악했으나 그것을 위해 필요한 것이 무엇인지도 모르니 한 발짝도 움직일 수 없었다.

회사를 다니고 있는 상황이라면 상사든 다른 팀 사람이든 물어보거나 도움을 청할 수 있을 텐데, 새삼 나는 지금 퇴사를 했고 철저히 혼자라는 사실이 뼈저리게 느껴졌다.

시제품을 만드는 것부터 고난과 역경의 연속이었다. 손바느질을 몇 번 해보고는 재봉틀로 박았을 때 어떤 느낌인지 보고 싶어 동네 수선집을 찾았더니, 돈을 받기도 애매한 일인데 한 번 해주면 계속 귀찮게 찾아올 것 같았는지 사장님들의 반응이 그보다 냉담할 수 없었다.

집 근처의 모든 수선집에서 거절 딱지를 받았다. 그리하여 지도 어플에 '수선집'이라고 검색해서 나오는 동네 인근의 모든 수선집을 돌아보았는데 그 어느 집도 당신의 재봉틀을 허락하지 않았다. 수선집은 대체 어떤 손님을 좋아하는 걸까. 애초에 낮 시간에 젊은 남자가 수선집에 들어오는 상황부터가 그들에게는 익숙하지 않은 일이었을 테다.

그래도 무조건 쫓아내는 사람만 있는 것은 또 아니라 이런 것은 수선집이 아니라 샘플 만들어주는 곳이 있으니 그런 곳을 알아보라는 사람도 있었다. 아시는 집 있냐고 여쭤보니 그건 본인이 알아서 찾으시란다. 그걸 혼자 찾을 수 있었으면 여기 왔겠어요… 환장할 노릇이었다.

집에서 지하철 두 정거장 떨어진 곳에 가서야 허락해주시는 분을 만났다. 작업은 1분이 채 걸리지 않았다. 정확하고 세심하게 작업된 것은 아니지만 그녀의 재봉틀을 허락해주신 것만으로도 절을 올려야 할 기세였다.

사장님은 어디에 쓰는 물건인지, 나는 누구인지 등등 호구조사를 하시더니, 이런 작업은 어디 가도 거절당할 테니 그냥 재봉틀을 배우기를 추천하셨다. 당신의 며느리도 시집오면서 자기한테 재봉틀 몇 번 배우더니 작년부터 마스크 사업을 시작했다고. 요즘 황사 덕분에 용돈도 잘 받는다며 은근슬쩍 자랑하기도 잊으셨다.

퇴사 이후 뭔가를 배우기로 결심한 것은 처음이었는데 그게 운동이나 어학, 자격증 같은 것이 아니라 재봉이라니, 어머니는 깊이 탄식하셨다.

어찌어찌 선생님을 찾았다. 여성복 샘플을 만드는 공방인

데 비쌰시즌에 부업으로 용돈벌이를 하고 계신다고. 미팅을
하러 가니 반지하에 재봉틀이 몇 대 있고 천들과 쓰레기가 어
지럽게 굴러다니는, '남자 자취방'의 향취가 나는 곳이었다.
선생님, 쓰레기는 모아서 해가 진 후에 분리배출해주세요.

　환경과는 다르게 깔끔한 외모와 성격을 가진 선생님과 어
떤 식으로 수업을 진행할지 합의한 뒤 밖으로 나와 보니 그
곳은 첫 직장 근처였다. 처음으로 퇴사한 지 3년밖에 지나지
않았는데, 거리와 건물은 그대로인데, 내가 기억하던 가게들
은 거의 다 사라지고 낯선 가게와 사람들로 가득했다.

　그때 거기에 있던 사람들은 다 어디로 가서 무슨 일을 찾
았을까.

　새로운 기회를 잡아서 떠난 걸까.
　더는 지탱하기 힘들어 도망친 걸까.

　전 직장에서 컴퓨터를 전공했다는 사실이 들통나는 바람에
약간의 코딩 작업을 해야 할 때가 있었다. 고통받고 있던 나
에게 팀원 중 한 사람은 스티브 잡스가 타이포그래피를 배운
것이 나중에는 애플 브랜드를 만드는 데 지대한 공을 세운 사

례를 이야기하며 모든 경험이 연결되어서 지금 여기로 왔고, 이 일이 또 다른 곳으로 연결될 것이라는 이야기를 해주었다.

그때는 놀리는 것도 아니고 이게 무슨 개똥철학이냐고 황당해하면서, 금방 잊혀질 말이라고 생각했는데 첫 직장 근처를 배회하다가 그 말이 떠올랐다.

세상 허투루 겪는 경험은 하나도 없었다.

실패한 경험도 반면교사로 써먹을 수 있는 법이다.

그런데 지금의 '아무것도 만들지 못하고 방황하는 시간'은 나중에 어떤 경험으로 연결될까.

내 경험의 점들을 연결하면 별 모양이 나올까.

영화 〈포레스트 검프(1994)〉는 한 지적 장애인이 성장 과정에서 겪는 경험을 연결해 폭발시키는 구성의 영화다. 20세기 격동의 미국 역사 속 굵직한 사건들을 겪으면서 사람을 만나고, 바보같이 행동한 일이 엄청난 성공(또는 절망)을 가져다주는 내용으로, 너무 오래된 영화라 요즘 애들은 못 봤을 수도 있지만 나 소싯적에는 여기저기서 얼마나 틀어줬던지 대사까지 외울 정도였다.

아무튼 영화는 주인공이 버스를 기다리면서 모르는 사람들에게 자신의 과거사를 털어놓는 액자식 구성으로 이루어져 있다. 처음 보는 사람들에게 자기 탄생부터 지금까지 줄줄 늘어놓는데 사람들은 할 일이 없는지 그걸 또 열심히 듣고 있다. 역시 풍요의 땅 미국.

할 이야기가 슬슬 떨어졌는지 주인공은 때가 되었다는 듯 명대사를 날려주신다.

엄마는 인생이 초콜릿 상자와 같다고 늘 얘기하셨어.
무엇을 얻게 될지 알 수가 없다고.

어렸을 때는 이 대사를 듣고 인생사 언제 무슨 일이 닥칠지 모르는 랜덤박스와 같다는 의미로 알아들었는데, 이제 와 생각해보니 초콜릿 상자가 어디서 툭 떨어지는 것이 아니라 자신이 걸어온 업보가 어떤 형태로 나타난다는 뜻이라고 이해되기 시작했다.

녹차 길을 걸어온 사람은 녹차 초콜릿 상자를, 벨기에 길을 걸어온 사람에게는 고디바 초콜릿이 나오겠지.

그 안에 들어 있는 초콜릿이 얼마나 맛있냐는 문제는 이제 행운의 영역이라고 할 수 있을 것이다.

그런데 나는 어쩐지
꽝만 가득했던 것 같은 기분이다.

나의 20대 후반은, 정말이지 어느 방면에서도 운이 따르지 않았던 것 같다.

이는 30대가 되어도 달라지지 않았다. 지금도 새로운 일을 도모한답시고 재봉틀을 배우고 있지만 이게 잘될 것이라는 보장은 어디에도 없었다. 막연한 걱정이 들어 지금까지 걸어온 길을 정리해보았다.

컴퓨터 전공 → 광고 대행사 카피라이터 → 제약 회사 홍보팀 → 스타트업 마케팅.

연결이 된다면 되고 이상하다면 이상한, 한 우물 못 파는 사람의 길이었다. 보통 여러 가지 맛 초콜릿이 분별없이 들어가 있는 초콜릿 상자는 싸구려일 가능성이 높다. 자신이 있는 제품이 없으니 '한 놈만 걸려라'라는 마음으로 잡다하게 때려넣어 보는 것이었다.

내 상황이 꼭 그렇게 느껴졌다. 나는 아직도 내가 하고 싶은 일이, 잘하는 일이 뭔지도 모른 채 넣을 수 있는 것부터

넣어보고 있는 것 아닐까.

그렇게 전 직장 근처를 돌아다니니 그동안의 시간들이 주마등처럼 스쳐 지나가면서 공허해졌다.

집에 가는 길에 근처 회사에 있는 친구를 잠깐 만나 이런 고민을 이야기했더니, 얕고 넓은 커리어는 전문성이 떨어져 보일 수도 있지만 누군가에게는 굉장히 유용한 자원으로 여겨질 수 있다는 이야기를 해주었다. 조금은 힘이 나는 듯했다. 우연히 꺼낸 친구 상자에서 이런 친구가 나오다니, 내 친구 상자는 썩 괜찮은 모양이다.

내 초콜릿 상자는 아직까지 '적어도 하나는 걸릴 수 있는 확률'이 남았고, 이번에 제조업 라인을 추가한 것이다. 나는 그렇게 생각하기로 했다.

미싱은 돌고 도네

빨간 꽃- 노란 꽃 -
꽃밭 가득 피어도-

선생님은 재봉틀 쓰는 방법을 가르쳐주시기보다 천으로 물건을 만드는 방법을 알려주는 데 더 총력을 기울이셨다.

당신께서도 일반적으로 만드는 옷에 디자인을 더하는 작업을 많이 하시느라 작은 제품 만드는 일은 오랜만에 하신다며 조금 신나 하셨더랬다. 좋아해야 할지 슬퍼해야 할지 열성적인 선생님 덕분에 과제는 끝없이 늘어났다.

처음으로 주어진 과제는 동대문 원단 시장에 가서 스왓지, 스와치라고도 불리는 샘플 천조각을 최대한 많이 주워오는 것이었다. 소재별로 특성도 알아보고 시장이 어떤 방식으로 굴러가는지를 파악해보라고 내 주신 과제 같았다.

대학 시절 무슨 바람이 불었는지 남는 학점으로 패션 디자인과의 색채학 수업을 들은 적이 있었다. 첫 시간의 과제가 스와치를 주워오는 것이었는데, 컴퓨터실 구석에서 코딩이나 하던 공돌이에게 시장을 가는 일부터가 너무나 가혹한 과제가 아닐 수 없었다.

그럼에도 불구하고 용기를 내어 동대문에 도전했으나, 하필 일요일이라 시장의 모든 가게가 문을 닫은 상태였다. 그날의 생생한 기록을 블로그에 올렸는데 아직도 '동대문 시장 스와치'라는 키워드를 통해 사람들이 읽고 있다. 지금도 수많은 학생들이 스와치를 찾아 시장을 배회하고 있는 모양이다.

그때는 평생 다시는 시장에 올 일이 없을 것이라고 생각했는데, 인생사 한 치 앞도 모르게 흘러가더니 다시 시장을 기웃거리는 사람이 되어 있다. 역시 모든 경험은 연결되는 것을 피할 수 없는 모양이다. 거의 5~6년이 다 지났건만 시장의 풍경은 그때와 크게 다르지 않았다.

여전히 소란스럽고 정신없으며 '시장'이라는 단어에서 느껴지는 억척스러운 기운이 사람을 압도하는 듯했다.

상인들은 돈이 될 만한 사람을 빠르게 구분해서 그렇지 않은 사람을 문전 박대하거나 퉁명스럽게 대하는 일에 도가 튼 듯했다. 시장을 활보하는 수많은 디자이너들도 그들이 디자이너라는 것을 표현하지 않으면 무시를 당하기라도 한다는 양 한껏 패션 센스를 뽐내고 있었다.

**시장의 풍경은 이렇게나 그대로인데,
나는 달라져 있었다.**

이제 가게 앞을 서성이며 스와치를 만지고 있어도 가져가지 말라고 하거나 어디서 나왔냐며 눈치를 주는 상인이 없어졌다. 어떻게 봐도 학생이 아니니 실무자일 것이라고 생각하는 모양이었다.

아니 실제로 실무자가 맞았다. 그렇게 되어 있었다.

예전에는 시장에서 숨 쉬는 것도 힘들었는데 이제는 더 많은 것을 보고 놓치지 않기 위해 몇 바퀴씩 돌아보고 있었다. 내 일이 아니라면 절대 하지 않았을 행동들이었다. 스스로에게 조금 놀랐다.

재봉틀을 굴리는 일도 생각보다 중독성 있었다. 일자로 깨끗하게 밀린 결과물을 보며 일종의 쾌감을 느낄 정도였다. 단순 반복 작업을 할 때 머릿속이 하얘지는 느낌. 손을 많이 쓰게 되니 프라모델을 만들 때와 비슷한 즐거움이 느껴지기도 했다.

그거 뭐 얼마나 해봤다고 평소에 입는 옷의 스티치천 따위에 마늘로 뜬 한 땀이나 한 코가 왜 저렇게 되어 있는지, 어떤 순서로 만들어졌는지, 왜 명품이 명품인지, 옷 사러 가면 어떤 부분을 주의 깊게 보아야 하는지 등등이 눈에 들어오기 시작했다. 그렇게 자주 시장을 찾고 재봉틀을 굴리는 일에 점점 적응이 되면서 나름의 즐거움을 찾아가고 있었다.

결국 또 우물 폭만 한없이 넓히고 있는 상황이었지만 '내일'을 하고 있다는 점 그리고 새로운 것을 배운다는 사실이 오랫동안 빠져 있던 우울감에서 벗어나는 데 도움을 주고 있었다. 아무것도 하지 못하고 멈춰 있다는 느낌이 들지 않는 것만으로도 충분했다.

사람은 나이를 먹을수록 새로운 것을 받아들이지 못한다고 한다. 음원 서비스사 스포티파이Spotify에서 발표한 자료에 따르면, 고객의 연령이 30대가 넘어가면 평소에 듣던 음악과 동떨어진 새로운 장르의 음악을 들을 확률이 현저하게 줄어든다고 한다. 나이를 먹을수록 익숙한 틀을 벗어나는 게 두려운 걸까.

'꼰대'들을 사람들이 싫어하는 이유는 다른 문화와 생각을 전혀 받아들이지 못한 채 자신만의 낡은 세계관을 타인에게 강요하기 때문일 것이다. 아직까지는 새로운 것을 받아들이는 일이 즐겁고, 전혀 다른 분야의 일에 도전할 수 있으니 꼰대라고 불릴 정도는 아니구나 라는 안도감 같은 것이 들었다.

어찌 되었건,
배우고 익힐 수 있다는 사실에 감사하도록 하자.

뒤통수의 안전을 위하여

시장에서 천을 보고 있는데 갑자기 사장님이 아는 체를 했다. 시장에서 나를 알 사람이 없는 것 같은데, 당황해서 쳐다보니 군대 선임이었다. 일 년 차이가 나는 '아빠 군번'이라고 이것저것 챙겨주던, 다른 후임들에겐 까탈스럽게 굴어도 나한테는 잘해주던 사람이었다. 전역 후에도 몇 번 연락이 닿긴 했었는데 살다 보니 자연스럽게 멀어진 사람.

오랜만에 만나 어떻게 살았는지 근황을 나누고, 서로의 SNS를 염탐하면서 궁금한데 차마 물어보지 못했던 것들을 이야기하니 퍽 반가웠다. 이렇게 예상치 못한 곳에서 상상도 못한 사람을 만나다니. 신기한 경험이었다.

사람이 일생 동안
대화를 나눠보는 사람은 몇 명이나 될까.

환경에 따라 다르겠지만 기본적인 교육과정을 밟으면서 직장생활만 했다고 해도 정말 많은 사람을 헤아릴 수 있을 것이다. 사회를 살아가는 사람이라면 어떤 방식으로든 사람을 만나지 않고는 살아갈 수 없으니까.

그중에서 길 가다가 마주쳤을 때 웃으면서 인사할 수 있는 사람은 얼마나 될까. 일종의 안면 인식 장애가 있고 태생이 내성적인 나는 저게 그 사람인지 아닌지 헷갈려 하는 사이 지나가버리거나 분명 저쪽에서도 나를 인식한 것 같은데 서로 뻘쭘해서 말을 걸지 않는 경우가 더 많은 것 같다.

내가 그러니, 먼저 알아보고 인사를 해주는 사람이 그렇게 반갑고 고마울 수가 없다.

첫 직장에서 사표를 낼 때, 대표는 면담 자리에서 이 바닥은 좁으니 마지막이라고 막 행동하지 말고 마지막까지 잘 마무리하고 나가라는 당부의 말을 해주었다. 그런데 매번 새 직장에서 새 직무를 맡는 바람에 일하다가 전 직장 사람을 만난 적은 단 한 번도 없었다. 큰 회사에서 일한 것도, 오랫동안 일한 것도 아니지만서도.

전 직장 동료와의 연락도 참 애매하고 힘들다. 아무리 친하고 애틋하던 사람도 퇴사 후 두세 달쯤 지나면 공통의 관심사가 없어져 대화가 툭툭 끊기게 된다. 서로가 각자의 일로 바쁘다는 것을 암묵적으로 알기 때문에 더욱 연락은 뜸해지고 사람은 순식간에 잊혀진다.

스쳐 지나간 사람을 다시 만날 확률은 낮지만, 정말 어쩌다가 그 사람이 보이게 되었을 때 과거의 기억은 그 사람의 행적과 상관없이 적용된다. 특히 크게 엿을 먹은 경험이 있다면 다시 만났을 때 악감정이 더 크게 느껴진다.

　전 직장에서 제휴 건으로 만난 사람이 있었다.

　먼저 제휴를 맺자고 연락이 와서 계약을 진행했는데, 정작 체결 이후에는 연락도 제대로 안 받고 서비스 신청만 해둔 채로 몇 달 동안 방치하다가 나중 되어서 자신들은 이 서비스를 하나도 사용하지 않았다며 환불을 요구해왔다. 제휴사 할인을 받아서 싸게 이용하려고 접근했다가 일이 어그러져서 까먹고 있었던 모양이다.

　상황 자체도 황당하지만 환불을 안 해줄까 봐 걱정이 되었는지 우리가 부당하게 돈을 뜯어간 것처럼, 세상 억울한 목소리로 이야기하는 것이 참으로 어처구니가 없었다. 실제로 한 번도 사용하지 않아서 기본 서비스 구독료만 나가고 있는 상황이었는데, 그냥 가입해본 것도 아니고 먼저 제휴하자면서 계약 맺어놓고 그런 행동을 하는 것은 마트에서 물건을 사서는 쓸데없다고 창고에 넣어놓은 몇 달 뒤 환불받으러 오는 사람의 그것보다 더 괘씸한 것이었다.

　시간이 흘러 퇴사를 하게 되었고 그에 대한 기억을 잊고 있었는데 어느 날 갑자기 그에게서 전화가 오기 시작했다.

잘못 걸었을 것이라 생각하기에는 하루 종일 집요하게 전화가 걸려왔다. 연락 달라고 문자까지 남기기에 연락을 해보니 자기가 이직을 하게 되었는데 제휴사가 필요하다면서 제휴를 맺자는 이야기를 꺼냈다.

염치란 무엇인가.

대충 좋은 일로 연락한 것은 아닐 것이라 짐작은 했지만 괜히 다시 연락했다는 생각이 들었다. 아마 어딘가에서 이 사람을 다시 만난다면 절대 이 사람을 신용할 일이 없을 것이다.

과거의 행동이 눈덩이처럼 커져 되어 돌아오는 것은 영화 〈시계태엽 오렌지(1971)〉에서 상당히 지독하게 표현된 바 있다.

영화 속 주인공은 천인공노할 양아치로, 친구들과 어울려 다니면서 살인과 성범죄를 저지르고 다닌다. 당연히 죄책감 같은 것은 느끼지 않는다. 그러다가 경찰에 잡힌 주인공은 실험체가 되어 자신의 의지와는 관계 없이 '범죄를 저지르려는 마음을 먹으면 고통에 시달리는' 사람으로 변화한다.

그러나 착하게 살자는 마음을 먹고 세상 밖으로 나온 주인공을 바라보는 시선은 차갑기만 하다. 가족은 그를 이미 없는 사람 취급하며 살고 있고, 길에서 만난 옛 친구들은 그를 이유 없이 구타한다.

인생 나락으로 추락해 배회하던 주인공은 한 노인의 따스한 보살핌을 받게 되는데 알고 보니 이 노인, 과거에 주인공이 그의 집에 침입해 불구가 되도록 폭행하고 그가 보는 앞에서 아내를 강간한 사람이었다! 처음에는 노인도 그 사실을 몰랐는데 주인공이 기분이 좋아져 부르는 콧노래를 듣고 그만 그날의 기억을 생생하게 떠올린다.

당연히 노인이 주인공을 상상할 수 있는 최고의 방법으로 괴롭히기 시작하면서, 영화는 클라이맥스로 치닫는다.

전 직장에서, 또는 학교나 동아리에서 내가 싫어하던 사람을 만나게 되면 그들을 어떻게 대해야 할까? 그들은 또 나를 어떻게 대할까? 가끔 길 가다가 비슷하게 생긴 사람을 마주치면 죄를 지은 적도 없는데 깜짝깜짝 놀랄 때가 있다.

'왜 하필 당신이, 왜 하필 여기에' 상황은 언제 어디서든 닥칠 수 있다.

걸어온 길과 전혀 상관없다고 생각한 곳에서 아는 사람을 마주치게 되니, 인간관계란 언제 어디서 어떻게 작용될지 모

른다는 생각이 들었다. 누군가로 인해 득을 보지는 못할지언
정 복수의 대상이 되지 않으려면, 일적으로 만나는 사람에게
최대한 나이스 한 사람이 되어야 할 것이다.

그런데 그렇게 일하면 내 속이 터지지.
나는 오늘도 갑질을 꿈꾼다.

통곡의 돈까스

시장을 도는 일은 매우 고된 일이다.

사람이 북적북적한 좁은 길을 부대끼며 다니는 것도 힘들지만 사람을 대하는 일이 특히 힘들다. 여러 사람을 만나고 흥정해야 하는 구조적 특성상 '나와는 관계없이 일단 화가 나 있는 사람'을 만나면 체력 소모가 심해진다.

그러나 복잡하고 꽉 막힌, 특히 실내 시장인 동대문에서 마음의 여유와 평화를 가지고 타인에게 행복을 전달하자는 자세로 살아가는 사람은 흔치 않을 것이다. 와중에 짜증과 화는 전염성을 가진다. 모든 문제는 사람으로부터 생기고 사람으로 인해 퍼져나간다.

그래서 시장에 '주문'이 아니라 '조사'를 하러 가는 사람들은 평소에 입지 않던 정장을 입거나 두꺼운 디자인 뿔테 안경을 끼는 등 무시받지 않기 위한 무장을 하고 간다. 약한 모습을 보이지 않으면서 살아가는 일은 얼마나 힘들고 만반의 준비를 해야 하는 일인가.

고객과 판매자 사이의 적당한 감정선을 찾는 일은 언제나 힘들다. 그래서 사람을 마주치지 않고 음식을 주문하고 받는 비대면 방식의 전자 상거래가 계속 성행하는 모양이다.

아무튼, 직전 글에서는 즐겁다고 썼지만 나는 여러 이유로 시장에 갈 때마다 힘들어하고 있었다. 사람으로부터 스트레스를 잘 받는 성격이기에, 이 점은 시간이 지나도 나아지지 않을 것 같다. 재봉틀 선생님은 당신께서 다음 주 일정이 많으니 레슨을 월요일로 당기자고 하시고는 원단을 추가로 구해오라는 숙제를 내주셨다. 그때가 금요일 오후였다.

"시장이 5시쯤 닫으니 오늘은 힘들 것 같고 월요일에 가도 주문하면 오후에 원단이 들어오니 다음 레슨까지 재료를 구하는 것은 힘들지 않을까요?"

"하하! 동대문 시장은 토요일에도 연답니다! 시장 한 바퀴 도시고 근처에 생선구이집 정말 맛있게 하는 집들이 많으니 거기서 점심을 드시면 될 거예요!"

토요일에도 열리는 것은 알고 있었는데 원단도 받을 수 있었나? 의아해하면서 토요일 아침에 출발했는데 역시 내 기억이 맞았다. 어쩌다 연 집이 있어 물어보니 토요일에 주문하면 월요일 오후쯤 퀵으로 보내준다고 했다. 그렇게 하루 허탕 치고 단추 같은 부자재만 얼추 구해서 나오니 점심시간이었다. 아주 오랜만에, 갑갑한 미세먼지가 걷히고 파란 하늘이 보이던 봄날이었다.

　날씨는 좋은데…
　날씨만 좋은데…

　선생님이 자신만만하게 추천하시던 생선구이집들도 문을
열지 않았다. 주 5일 시대가 열린 지 15년이 다 되었다.

　문을 연 집 중 칼국수와 돈까스를 같이 판다는 집에 들어
갔다. 뭘 먹어야 할지 확신이 없을 때 돈까스만큼 실패하기
힘든 음식도 없을 테니.
　돈까스를 주문하고 앉아서 그날 시장에서 알게 된 것들,
열려 있는 집에서 구매한 것들을 같이 프로젝트를 진행하고
있는 사람들의 단톡방에 올렸다. 다들 읽었는지 어쨌는지 숫
자는 사라졌는데 아무도 답장을 하지 않았다. 수고했다고 말
이라도 해주지. 날씨가 이렇게 좋은데 다들 바쁘겠지. 이해
는 하면서도 서운한 감정이 드는 것은 어쩔 수 없었다.
　마땅히 연락할 사람도 없었다. 혼자 멍하니 앉아서 돈까
스를 기다리고 있다 보니 '내가 지금 뭘 하고 있는 걸까'라는
생각이 너무 당연하게 밀려들었다.

누구나 창업을 꿈꾸지만 그렇게 하지 못하는 데에는 다 이유가 있는 건데, 귀중한 시간만 낭비하고 있는 것은 아닐까. 지금 이 순간에도 내가 이걸 보고 있느라 놓치고 있는 기회가 얼마나 많을까. 이런 거 할 시간에 차라리 공부를 하면서 기술 같은 것을 배우고 중국어라도 배우는 게 나의 경쟁력을 높이는 일 아닐까. 그냥 다 때려치우고 재취업이나 알아봐야 하는 것 아닐까. 나름 이것저것 두루두루 한 것이 장점인데 이만큼 시간을 버린 일이 발목을 잡지 않을까.

지금 다시 취업한다고 해서
제대로 된 일을 안정적으로 할 수 있을까.

분명 시장은 열려 있지만 그 안의 가게들의 문이 닫혀 있는 것처럼, 나에게 열린 문이라는 것이 세상에 없는 것은 아닐까. 나는 언제나 월화수목금 다 지난 다음 뒤늦게 찾아오는 돈 안 되는 손님 같은 삶을 살고 있구나. 타이밍도 늘 안 맞고 운도 따르지 않는구나.

거친 생각과 불안한 눈빛 속에 주문한 돈까스가 나왔다. 솔직히 돈까스는 망하기 쉽지 않은 메뉴인데 조금 실망스러운 맛이었다. 실패도 습관일까. 이제 돈까스마저 실패하는

지경에 이르렀구나. 한껏 우울감에 가득 차 돈까스를 썰고 있는데 웬 초딩 하나가 내 테이블 옆으로 두다다다 뛰어오더니 우렁차게 자신의 어머니를 부르기 시작했다.

"엄마!!! 여기 화장실!!! 화장실!!! 나 화장실 가고 싶어! 오줌 마려워! 화장실!!!!!"

무슨 사연이 있었길래 그렇게 절박하게 화장실을 외치는지는 모르겠으나 혼자 조용히 가주면 안 될까….

테이블 옆에 화장실이 있는지도 모르고 있었는데 자리 선정마저 실패한 기분이 들었다.

밥을 먹고 나오니 여전히 날씨가 맑았다. 그냥 돌아가는 것이 아까워 청계천을 따라 걷는데 사방이 커플이고 다들 세상 행복한 표정으로 오늘의 날씨를 만끽하고 있었다.

모든 것이 피어나는 따스한 봄날,
나의 우울증도 한껏 절정에 이르렀다.

Part 6

다시 쌓아 올리기

너는 다 계획이 있구나

나름 마케팅 언저리의 일을 하면서 자신을 마케터라고 소개하는 사람들을 참 많이 만나보았다.

대부분 아는 것도 많고 말도 잘하는 사람들이라는 공통점을 가지고 있었는데, 모두가 성공적으로 설계를 하고 훌륭한 기획을 하는 것은 아니었다. 적어도 사회에서 이론과 실제는 언제나 차이가 큰 법이다.

나는 보통 마케터가 만든 설계도를 보고 필요한 자료를 만들어주는 사람이었다.

"이 기획은 안 될 것 같은데요"라고 당당하게 말할 수 있는 상황과 위치에 놓인 적도 없었지만 시키는 대로 했다가 결과가 안 좋아 욕먹는 역할은 참 많이 맡았던 것 같다. 직장 생활이란 그런 것이다. 일이 뜻대로 흘러가지 않으면 그 문제를 사람에서 찾는다. '사람들'이 아니라 '사람'에서.

회사에서는 거대한 책임 폭탄을 돌리는 일이 끊이지 않는다. 그 폭탄은 참 이상하게도 자신이 설계한 일이라면서 큰 소리치시던 높으신 분에게서는 절대로 터지는 일이 없다.

가끔 폭탄이 터져버린 뒤 쿨하게 자신의 잘못이라고 인정하는 말을 하는 사람도 있지만 그 마음이 인사 고과에는 반영되는 것을 본 적이 없다. 잘못된 설계를 따라 들어갔다가 실패한 사람일지라도, 회사 입장에서는 그냥 회사 수익에 도움이 되지 않는 실패한 사람일 뿐이다. 책임은 고스란히 자신이 짊어져야 했다.

가끔 스타트업에 뛰어들었다가 석연치 않은 결말을 맞이한 개발자들을 만나면 자신들의 팀에 마케터가 없어서 잘 팔리지 않았다고 이야기할 때가 있다.

내가 마케팅 쪽 사람이라고 하니 기분 좋으라고 하는 말일지도 모르겠으나, 그들의 팀에 마케팅 직무를 담당하는 사람이 있었다면 잘 안 된 이유가 모두 그 사람 탓이 되었을 것이라는 생각이 들면서 씁쓸해진다.

창업 아이템은 이미 결정되었고, 슬슬 어떻게 만들지 보이기 시작하니 이제 어떻게 팔 것인지 설계해야 했다. 업무를 확인하고 논의할 윗사람이 있었으면 좋으련만, 모든 업무 설계와 실행을 내 손으로 해야 하는 순간이 기어코 찾아왔다.

이 폭탄이 터지면 나는 어떻게 되는가.
아직까지는 그 뒤를 생각하고 싶지 않았다.

그래도 마케팅 일을 해왔다고 시장 조사부터 시작했다. 검색을 아무리 해보아도 국내에 비슷한 상품을 만들고 있는 업체는 한 곳도 없었다.

다행인 점은 손쉽게 시장을 선점할 수 있다는 것이고, 불행한 점은 어떤 반면교사도 없이 맨땅에 헤딩부터 하고 봐야 한다는 것이었다. 아무도 없다는 것은 이미 나보다 빠르고 똑똑한 사람이 한 번 봤는데 가망이 없다고 계산을 한 뒤 빠져나간 것일지도 몰랐다.

내가 지금 어떻게 움직여야 하는지 감이 전혀 오지 않으니 더 혼란스러워졌다.

애초에 내 역할도 너무 애매했다. 나를 마케터라고 할 수 있나? 요즘은 너무 다양한 종류의 마케터가 있어 뭐가 뭔지도 정확하게 구분 짓기 힘들다. 공통적인 것이라면 현재 상황이나 과거 지표를 보고 앞으로 어떻게 될 것인지 예측하고 그 일을 타파할 크고 작은 요소들을 계획하는 사람들이라는 것이었다.

내 앞길도 안 보이는데 계획은 무슨…
아무래도 나는 좋은 마케터가 아닌 모양이다.

그래서 나는 어디 가서 나를 마케터라고 당당하게 소개하지 않는 편이다. 대충 마케팅 쪽 일을 한다고 에둘러 표현하곤 했다. 그 애매한 표현만큼이나, 나는 계획을 짜는 일에 서투르다.

봉준호 감독의 영화 〈기생충(2019)〉은 한국 영화 최초로 황금종려상을 수상하면서 수많은 사람들이 찾아보고 다양한 방면으로 분석되어 논의거리가 되었다. 계층마다, 성격마다 감정을 이입하는 등장인물이 골고루 다른 점도 참 신기했다. 나는 송강호에게 가장 크게 감정 이입이 되었다.

영화 속에서 송강호는 가정이 부러질 절체절명의 위기 속에서 가족들을 안심시키기 위해 자신에게 다 계획이 있다고 말한다. 예상치 못한 천재지변에 상황이 더 심각해진 뒤 대체 그 계획이 무엇이냐고 다그치는 아들에게, 그는 영화 속에서 자세히 묘사되지 않은 자신의 과거 행적과 현재의 마음 상태를 알려주는 대사를 읊조린다.

"가장 완벽한 계획이 뭔지 알아? 무계획이야."

나름 계획을 세우고 열심히 바둥거려 보았지만 연거푸 실패의 고배를 들이마신 사람만이 할 수 있는 성격의 체념. 그런 과정을 거치고 나면 앞날도 뿌예져서 어떤 계획도 세우지 않은 채 '도전하지 않으면 실패도 없는 법이지' 같은 말을 반복하게 된다.

역시 이번에도 아이템의 미래 같은 것은 보이지 않았다. 애초에 없는 것과 다름없는 상품이었다. 아니 이 상황을 평가할 수는 있어도 어떻게 나아갈 것인지 설계하고 예측할 수 있는 사람은 어디에도 없을 것 같았다. 모든 것이 불투명했다. 다행인 점은, 체념할 정도로 안 좋은 지표는 또 없다는 점이었다. 아무리 우울하고 힘들지라도 움직여야 했다. 아직 무계획의 세계에 발을 담그기에는 실패를 덜 한 모양이다.

"이봐, 해봤어?"

고 정주영 회장의 이 말은 상사가 부하 직원에게 무리한 요구를 하면서 꺼내는 말이 아니라 이런 상황에 쓰이는 말일 것이다. 앞길을 전혀 예측할 수 없을 정도로 데이터가 없다면 일단 해보는 것이 좋겠지.

마지막의 마지막에 어떤 결과가 있을지는 아무도 모른다. 적어도 행동에 대한 책임은 다른 사람이 아니라 온전히 나에게 있다는 사실을 받아들일 수 있다는 점이 조금은 위안이 되었다.

너무 가벼운 저금통

관성의 법칙은 물리 세계에서만 적용되지 않는다.

한참 달리다가 갑자기 멈추게 될 때 받는 충격만큼, 다시 움직이기 위해서는 상당한 동력을 필요로 한다. 오랫동안 방황하고 나서 움직여야 한다고 결심했음에도 불구하고, 모든 의욕을 잃어버린 나는 좀처럼 빠르게 움직일 수 없었다. 그저 주저앉아 있었다.

그런데 소속도, 져야 할 책임도 없으니 아무도 나를 일으켜 세우지 않았다. 끝도 없이 자기 비하만 계속하고 있는 상황. 우울감도 관성의 법칙을 따르는지 제어할 수 없을 정도로 커지고 있었다. 혼자 있으면 감정을 숨기거나 제어할 필요가 없어지기에 더 크게 휩쓸리고 있었다.

소설 《밤은 짧아 걸어 아가씨야》의 주인공도 계속되는 실패 때문에 아무것도 할 수 없는 상황에 처한다. 설상가상으로 지독한 감기에 걸렸는데 그 누구도 찾아오지 않자 주인공의 우울증은 극단으로 치닫는다.

이불 속에서 미래에 대한 걱정을 토로하던 주인공은, 벽장 어딘가에 '재능의 저금통'을 놓고 자신이 재능이 있는 것을 찾을 때마다 하나씩 기록해두기로 한 것을 떠올린다.

아픈 몸을 이끌고 집안 구석구석을 뒤져 저금통을 찾아 냈지만, 안에는 '할 수 있는 일부터 하나하나 꾸준히'라고 적힌 쪽지 한 장이 들어 있을 뿐이었다.

주인공은 자신이 그동안 열심히 살지 않았다는 것을 실감하며 좌절에 빠진다.

자괴감에 빠져서 스스로 무슨 재능이 있는지 되짚어보아도, 뭐 하나 제대로 결실을 맺은 것이 없다는 사실에 망연자실해 있는 모습이 내 상황과 다를 바 없었다.

소설은 소설이라 결국 짝사랑 그녀가 주인공을 구원하러 오지만, 나는 그 누구도 도와줄 사람이 없었다. 우울증이란 결국 혼자 털고 일어나는 것 외에는 답이 없는 병이다.

노여움의 파도가 몇 차례 지나간 후에 조금 정신을 차리니 모든 문제가 운도 지지리 없었지만 '할 수 있는 일부터 하나하나 꾸준히'를 실천하지 않았기 때문에 이 사단이 난 것이라는 생각이 들었다.

할 수 있는 일을 하는 것도 벅찬데 갑작스럽게 할 수 없는 일을 요청하고는 왜 못하냐고 물어보는 회사생활에 염증을 느껴놓고는 막상 무엇이든 할 수 있는 상황이 되니 잘 몰라서, 게을러서 아무것도 하지 않고 있었던 것이다.

매번 그랬다. 하다가 잘 안 될 것 같으면 다른 일을 찾아 떠나는 유목민 같은 생활이 30년이나 계속되어서, 이제는 어디 뿌리를 내릴 수 있을 정도로 단단한 실력이나 경력도 없고, 그래야 한다는 의지도 잃어버리고 말았다. 일도, 연애도, 뭐 하나 해낸 것 없이 애매하게 붕 뜬 삶을 살아왔구나. 지금이 아니면 '언젠가'는 찾아오지 않는데, 그걸 너무 열심히 기다리고 있었나 보다.

로또도 사는 사람이 당첨된다. 매번 현금을 챙겨 판매점을 방문해 OMR 카드에 선이라도 그어야 한다. 생각보다 부지런해야 한다. 나는 로또도 사지 않으면서 로또에 당첨되길 바라고 있었다.

그러니 할 수 있는 일이란 죽이 되든 밥이 되든 일단 뭐라도 해보자고 스스로를 채찍질할 수밖에 없었다. 뭘 하든 꾸준히 해볼 만한 것을 찾아보자. 다음 단계가 없을지라도.

그러기 위해서 저금통 바닥을 박박 긁어보았다.

내가 할 수 있는 것과 아닌 것을 명확하게 확인하고 시작해야 하니까. 창업 쪽 일이 그렇게 빠르게 진행되지 않으니, 다른 일도 같이 하는 것이 좋을 것이었다.

정리하고 보니 정말 보잘것없었다.

- 사진/영상

여행 다니면서 찍은 사진을 이미지 판매 사이트에 올리면 소웃값 정도는 번다고 해서 그동안 찍은 사진을 엄선해서 올렸더니 '입구컷' 당했다. 사진에 대한 자세한 설명이 필요하다며 반려당했는데 이 사이트 이미지 중에서 자세하게 이미지를 설명한 글이 있었던가…. '귀하의 우수한 역량에도 불구하고'와 비슷한 문장이 아닐까.

결국 사진은 아닌 것으로 판명났다.

- 그림

열심히 그려서 인스타그램에도 올리고 각종 포털 사이트에도 올려 보았지만 황당할 정도로 반응이 없는 경우가 많았다. 내 취향이 너무 마이너하고 기본적으로 음울한 것도 있었지만 그림을 그리는 일은 계속 지속하기에는 가성비가 너무 나빴다.

- 글

위의 것들이 영 아닌 것으로 판명나는 바람에 남은 항목인 글쓰기를 집중적으로 해보기로 했다. 다른 것은 몰라도 지금까지의 경력은 모두 글을 써야 한다는 공통점을 가지고 있었으니까.

그렇게 퇴사 후의 이야기를 써서 하루에 하나씩 연재하기 시작했다.

다행인지 인사치레인지, 재밌게 보고 있다는 말을 가장 많이 듣는 콘텐츠가 되었다. 그림 그릴 때는 그렇게 반응이 없더니…. 그래도 나름 일러스트를 꾸준히 넣고 있는데 그림에 대해서는 영 좋은 반응은 얻지 못하고 있다.

이 글은 그렇게 시작되었고
지금까지 쓰여지고 있다.

앞으로 내 삶은, 내 글은 어떻게 될까. 이전처럼 별 반응 없는 삶이 오래도록 지속되겠지만 조금씩 할 수 있는 일로 가득 찬 저금통 배를 갈라 보는 날이 왔으면 좋겠다.

그림을 지속하는 힘

백수의 삶이 길어지니 하루를 지탱해줄 활동이 필요했다.

그러니까, 돈을 벌기 위해 하는 행동 말고 기분 전환이라도 할 수 있는 행위들 말이다. 글을 쓰는 것으로는 여전히 뭔가가 부족했다.

한참 조바심과 우울증을 느끼는 와중에 게임으로 그 공허함을 메우는 것은 현실을 외면하기 위한 도피처가 될 뿐 건설적인 요소가 없는 것 같았다. 그래서 글 쓰는 김에 그림도 그리기 시작했다.

내 그림의 역사는 무려
20세기 말로 거슬러 올라간다.

자신만의 세계에 심취해 공간만 보이면 낙서를 하던 아동들이 어느 순간부터 자신은 그림에 재능이 없음을 깨닫고 크레파스를 놓는 초등학교 고학년 시즌, 나는 여전히 교실 구석에서 만화를 그려 친구들과 만화를 돌려보고 있었다.

중학교, 고등학교 때까지 그 버릇을 버리지 못해 군대에서도 근무지에서 만화를 그리다가 영창에 보내질 뻔한 적도 있었지만 아직 꾸준히 그림을 그리고 있다. 그것은 오래전부터 그래 왔기에 지금까지도 일종의 습관으로 굳어져 있다. 그러나 그렇게나 오래 그렸음에도 불구하고 여전히, 취미라고 하기에도 안타까운 그림 실력을 뽐내고 있다.

그럼에도 불구하고 혼자 그리고서 말면 아무 의미 없는 행동이 되어버리기에 나는 여기저기 그림을 올리고 있다.

그런데 아무리 그려서 올려도 '만화 가끔 보이면 잘 보고 있어' 이상의 피드백이 돌아오지 않았다. 좋아요 수가 올라가기는 했지만 주변 친구들의 좋아요는 꾸준히 줄어들고 인스타그램 자동 마케팅봇이 누르는 것 같은 수치만 쌓여갔다. 그것도 어느 정도 수를 넘어가자 더 이상 증가하지 않게 되었다.

차라리 혹평을 하면 기분이야 잠시 나빠도 고쳐야 할 점이 보일 텐데, 폭발적인 무관심 속에서 외로운 싸움을 계속해야 하는 것이었다. 그래서 좋아요보다 댓글이 좋다. 무플보단 악플이 좋다.

사람들이 반응을 보이지 않는다면 무엇을 바꿔야 할까. 미술관에 변기통을 가져다 놓으면서 현대 미술사에 굉장히 굵은 획을 그어버린 위대한 예술가 뒤샹은 말년에 자신의 명성이 아니라 오직 예술 작품만으로 사람들의 피드백을 모으고 싶었단다. 그래서 가명으로 활동하면서 이런 말을 후배 예술

가들에게 남겼다.

> 내가 위험하게 생각한 건 당장의 대중들을 즐겁게 만드는 것이
> 었어요. 당시 주변에 모여들고, 칭송하고, 인정해주고 성공이며
> 명예며 모든 것을 안겨주는 그런 사람들.
> 그러지 말고 예술가라면 진정한 대중이 나타날 때까지 50년이
> 고 100년이고 기다릴 줄 알아야 합니다.
> 바로 그 대중만이 제 관심사입니다.

마르셀 뒤샹의 말에서

날 때부터 빛을 보는 창작자는 흔치 않다.

적당한 기회가 찾아올 때, 그 순간을 놓치지 않기 위해 창
작자는 꾸준히 뭐라도 해야 한다. 그 정도는 모두가 알고 있
지만 쉽게 행하기 어려운 일이기도 했다. 결과물에 아무도
반응을 보이지 않으면 그럴 의욕이 사라지고, 지속할 수 있
는 힘을 잃어버리기 쉽다.

그렇게 비판적인 시선을 가지기 시작하니 뒤샹의 주변 환
경이 보이기 시작했다.

뒤샹은 소위 말하는 금수저 집안에 초등학생 시절 전국

수학경시대회에서 우승을 했던 천재 중의 천재였다. 미술을 하다가 잘 안 되겠다 싶으면 언제든 의사를 할 수 있는 가정적인 환경과 개인적인 머리가 있던 인물이다.

그런 그에게 50년이고 100년이고 기다리는 일은, 그렇게 어려운 고민이 아니었을지도 모른다. 그래서 뒤샹은 천재성과 독창성, 작품의 고집으로는 인정받아도 고흐처럼 숭고하게 여겨지지는 않는 모양이다.

이런 일에도 질투를 느끼는 나는 얼마나 옹졸한가.

하지만 나에게는 그런 여유도 없고, 자신의 세계에 대한 확실함 같은 것은 어디에도 없었다.

나는 어디서 창작의 원료를 찾아야 할까. 그런데 원료가 있다고 해서 별달리 선택할 수 있는 게 있는 것도 아니었다.

슬프지만 그랬다. 하지만 적어도 그림을 그리는 일은 같이 하는 사람에게 기대했다가 실망할 일도, 현실적으로 못할 이유도, 했다가 많은 것을 잃어버릴 문제도 없었다. 일단 움직이면 만들어지는 것이 확실히 있으니 작업 후에 공허함이 찾아오지도 않았다.

꾸준히 그림을 그리는 일은 결국 돈이 되거나 명성을 가

져다주지는 않았지만 집중할 수 있는 대상이 됨으로써 우울
증 파도의 고점을 지나가는 데 큰 역할을 해주고 있었다. 그
것만으로도 제 역할을 다해주고 있다고 생각했다.

긴 터널을 넘어서자, 서른이었다

누군가와 같이 일하는 것은 참 힘든 일이다.

특히 일을 분배하고 맡기는 일은 언제 해도 익숙해지지 않는 일 중 하나다.

이는 시간이 갈수록 선배라는 인물이 후배에게 끼칠 수 있는 영향이 점점 작아지고 있기 때문이라고 생각한다. 그래서 요즘 세대는 대부분 '윗사람에게 두들겨 맞는 것'은 경험했으나 '아랫사람을 통솔하는 일'은 경험이 없거나 그러면 안 된다고 배웠을 가능성이 높다. 평등 사회니까.

물론 '선후배 관계' 속에 온갖 부조리와 군대식 상명하복 문화가 들어 있었음을 생각하면 바람직한 방향이라고도 할 수도 있겠다. 나는 내가 성장하면서 받았던 언어적, 물리적 폭력이 사라지고 있는 요즘이 더 좋다. 어떻게든 우리 사회는 발전할 것이다. 제발 그랬으면 좋겠다.

열심히 문화적인 이유를 핑계로 들었지만 사실은 나 혼자 해결하는 편이 책임을 전가할 일도 없고 수정할 것도 없으니 편리하기 때문이다. 결국 게임도 맨날 솔플'솔로 플레이'의 줄임말만 하는 내 성격의 문제요, 나는 '리더의 그릇' 같은 것은 없는 사람이었다.

그럼에도 불구하고 같이 프로젝트를 진행하는 사람들 중 내가 나이도 가장 많고 경력도 많은데다가 이 일에 쓸 수 있는 시간마저도 가장 많았으니 자연스럽게 PM 업무 전반을 총괄하는 프로젝트 매니저 역할을 맡게 되었다.

생각해보면 꼭 그런 이유가 아니어도 나는 늘 조별 과제 같은 것을 하면 조장을 넘겨받는 편이었다. 분명 선배들이랑 조별 과제를 하는데 내가 조장이고 발표까지 내가 하고 있었다. 호구의 상을 가진 걸까. 리더의 그릇이 아니라 접시가 아닐까. 그것도 테두리가 없어서 치즈 플레이팅 정도 겨우 하는 형태의….

시간은 촉박한데 예상치 못했던 일들은 하루에 몇 개씩 생기고, 매일 같이 일하는 것이 아니라 일주일에 한 번 정도 회의를 하면서 진행하다 보니 다른 사람에게 일을 주고 설명할 시간이 없어 그냥 혼자 작업하는 경우가 많아졌다.

내 딴에는 이게 배려라고 생각했는데, 상대방은 전혀 아니었던 모양이다. 나와 직무가 겹치는 팀원이 의외로 자신에게 일이 들어오지 않는다는 사실이 불만이라고 이야기했다. 자신도 할 수 있는데 왜 넘기지 않냐는 것이었다. 생각해보니 회사가 사람을 말려 죽이는 방법 중 하나는 일을 주지 않는 것이었다.

그래서 몇 가지 일을 주었는데, 이번엔 내가 결과물을 마음대로 수정하는 만행을 저질렀다.

다시 말해, 자신이 처음으로 맡아보는, 그것도 전담하게 된 업무가 생겼는데 책임자가 슥 보더니 말도 안 하고 이것저것 뜯어고쳐서 진행하고 있는 모습을 보이게 된 것이다. 그럴 것이라고 미리 말이라도 해줬으면 충격이라도 안 받지.

내가 당할 때는 그렇게 기분이 나빴었던 일인데 나도 똑같은 일을 저지르고 있었다. PM이나 팀장 같은 것이 아니라 동등한 위치에서 일하는 거라고 말만 하면서 결국 직급 비스무레한 것으로 찍어 누르는 최악의 상사가 되어 있었다.

아니 그보다 대학교 때부터 맨날 조장만 한다고 별명도 민팀장이었던 인간이 진짜 팀장이 되었는데도 그런 작은 것을 신경 못 써서 팀원에게 상처를 준다는 사실이 부끄러웠다. 이제는 그런 것을 배우는 단계는 넘어갔어야 하는 나이인데 말이다.

전 직장은 갑자기 인원 운영을 팀제로 바꾼다고 하더니 나를 비롯한 몇 명에게 팀장 직책을 달아버렸다. 직급이 아니라 직책이다. 월급이 오른다거나 업무에 대한 권한이 늘어나지는 않았다. 결국 이사들 중 인적 관리를 제대로 할 수 있는 사람들이 없으니 팀장을 달고 있는 사람들이 그 역할을 하라는 뜻이었다.

그런데 이름이 이름인지라 시간이 지나니 점점 많은 것을 요구하기 시작했다. 이사들은 업무 방향을 자기 마음대로 틀어놓고 그 실행은 팀장을 달고 있는 사람들에게 던졌다. 인적 관리 잘 못하겠다고 팀장 시스템을 만든 사람들이 아랫사람의 업무까지 신경 쓸 수는 없었을 것이다. 모두 처음 하는 일인데 위에서 케어도 안 해주니 일이 제대로 돌아갈 리 없었다.

하루는 대표가 나와 같은 부서의 팀장, 두 사람을 불러놓고 일이 제대로 진행되지 않는 것을 추궁했다. 우리는 항변했다. 회사 홍보에 돈 한 푼 안 쓰는데 새로운 고객이 어떻게 들어오냐고. 광고비 달라고 말한 것이 언젠데 아직도 땡전 한 푼 안 쥐어주고 있냐고, 위에서 뭐 배운 것도 없고 축적된 데이터도 없는데 무슨 발전을 기대하시냐고.

당연히 혼났다.

같이 혼난 팀장과 밖으로 나와 그가 담배 피는 것을 기다리면서, 우리는 자연스럽게 회사에 대한 불만을 토로하기 시작했다. 애초에 경험도 능력도 없는 사람들을 팀장이라고 앉

혀놓고는 기대치가 너무 높은 것 아니냐, 이것이 중소기업의 현실이냐라며. 그러다가 세상 깊게 담배 연기를 빨아들인 팀장은 이렇게 말했다.

"제가 한 살만 어렸어도 지금 올라가서 사표를 쓸 텐데 말이죠."

그때 우리 나이가 서른이었다.
새로 취업을 생각하기에는 늦었고
이직이나 창업을 생각하기에는 어린 애매한 나이.

나이의 앞자리가 달라진다는 것은 무서운 일이다.
앞자리가 없거나 1이던 시절까지만 해도 하루빨리 어른이 되어 자유와 유흥을 향유할 것을 기대하지만, 그런 것보다 더 큰 책임을 짊어져야 한다는 사실은 상상도 하지 못한다. 20대가 되면 처음으로 그 사실을 알게 되기 때문인지 앞자리가 3으로 넘어가는 것에 굉장한 걱정을 품게 된다.

그런데 막상 서른이 되면 달라지는 것이 없다.

공자는 15세에 뜻을 세우고 위대한 예술가들은 무슨 20대만 되면 요절하던데, 그 시기를 별다른 일 없이 거쳐온 나는 여전히 우주의 작은 먼지에 불과하고 일상은 놀라울 정도로 나와 아무 상관없이 흘러갔다. 여전히 캄캄하고 여전히 우울했다. 결국 30이라는 숫자는, 설문 조사 같은 것을 할 때 가끔 등장해 놀래킬 뿐이었다.

이렇게나 내 마음이 그대로임에도 불구하고 20대에 받았던 미래에 대한 기대는 어딘가로 사라져 있었다.

왜 서른이 되면 천재적인 뭔가가 사라진다고 생각할까? 나만 이런 생각을 하는 것은 아닌지 시인 이상은 20대 중반이 넘어가기 전에 요절해야 하나 걱정까지 했다고 한다.

그러다가 하루는 이제 갓 사회에 입문해 물어뜯김을 당하고 있는 20대 후반의 친구에게 서른이 되는 것은 어떤 것이냐는 질문을 받았다.

대화를 나누고 있던 친구가 이야기하던 고민을 겪어본 적이 있어서였을까. 갑자기 내가 생각하는 방식마저 서른이 넘어가버렸다는 생각을 하게 되었다. 사회 초년생 친구들이 겪는 고통은 방향이 다를지언정 대부분 겪어 보았고, 그래서 작은 일에 전전긍긍하지 않고 있었다.

솔직히 들으면서 '그 일은 별것 아닌 것 같은데'라는 생각을 몇 번이나 하고 있던 터였다. 입 밖으로 내지는 않았지만.

서른이 넘어가면 상처를 받는 일에 점점 둔감해진다. 그래서 나도 상처를 쉽게 주고 모른 채 넘어가는 일이 생긴다. 슬픈 일이다.

다른 사람이 겪는 상황을 나도 겪은 일이 더 많아질 때 선배가 되는 것이고 연장자가 되는 것이 아닐지. 어쩔 수 없이 다른 사람의 일과 사정까지 헤아리게 되는 것이 나이듦 아닐까.

그렇게 느껴지는 순간 '나도 그거 해봤는데 말이야~'라는 말이 나오면 꼰대가 되어버리는 것이겠지. 항상 경계하면서 내 행동과 언행에 신중해야겠다는 생각이 들었다.

30대 중반 이상의 사람들은
이 글이 얼마나 같잖을까.

도망친 곳에 낙원은 없다

준비하던 창업은 소셜 펀딩 형태로 시작하게 되었다. 사람들의 반응이나 예상 수량을 전혀 예측할 수 없기에 시장의 간을 살짝 보자는 취지에서 그렇게 결정되었다.

그런데 펀딩의 오픈 예정일은 자꾸 뒤로만 갔다.

생각보다 준비해야 하는 것은 많았고, 모두가 처음 하는 일이었기에 모든 움직임은 '시행착오'가 되었다. 정말이지 눈을 감은 채 앞을 더듬으며 나아가고 있는 기분이었다. 팀원 각자의 사정으로 회의 자체가 미뤄지는 일도 빈번했다.

그리고 마침내, 사람들에게 제품을 보여주는 이미지 작업만 남기고 있었다. 나는 만들어야 하는 것들과 들어가는 텍스트를 짜서 디자이너들에게 넘겨주었고, 그들은 주말을 이용해 그것들을 완성하기로 약속했다.

그런데 약속된 마감일에 작업이 단 하나도 되어 있지 않다는 사실을 알게 되었다.

차라리 기한을 맞추지 못했으면 일정 설계가 잘못된 것이라며 내 탓을 할 텐데, 글자 그대로 쳐다보지도 않았던 것이다.

결승선이 보이면 더 지치는 법이다. 그동안 팀원들에게 쌓인 서운한 감정이 한 번에 터져 나왔다. 그리고 처음으로 팀원들에게 화를 냈다. 그런데 팀원들은 도리어 자신들도 열심히 하고 있는데, 좋은 분위기로 갈 수 있는 것을 왜 그렇게까지 화를 내냐는 반응을 보였다.

"저희가 회사를 다니면서 이 일을 하고 있다는 점을 이해해주셨으면 좋겠습니다. 팀장님도 너무 이 일에만 집중하지 마시고 다른 일도 생각해보시기 바랍니다."

왜 내 입장은 전혀 이해할 생각이 없으면서 자신들은 이해받고 싶어 하는 걸까.

나는 이미 나를 걱정해주는 주변 사람들에게 욕을 먹어가면서 이 일을 하고 있는데, 정작 파트너라는 사람들은 언제든지 이 일을 그만할 준비를 하라고 이야기하고 있었다. 본인이 이 일에 대해 그렇게 생각한다면 어쩔 수 없지만 나에게도 그러라고 종용하다니. 그게 가장 뼈아팠다.

팀 분위기는 최악으로 치달았다. 나는 더 이상 웃지도, 농담도 하지 않고 필요한 것만 지시하고 이야기하는 사람이 되었다.

그런데 이상한 일이었다. 내가 딱딱하게 굴기 시작하자 그 동안 이야기해도 잘 지켜지지 않던 업무가 놀라울 정도로 빠르고 깔끔하게 해결되기 시작했다.

나는 그동안 회사생활을 하며 만났던, 늘 화가 나 있던 상사들의 얼굴을 떠올렸다.

그들도 이런 일을 경험했던 것일까.

평소에 행실이 나쁜 사람들이 어쩌다가 잘해주면 '본심은 착한 사람'이 되지만, 반대로 평소에 다른 사람들에게 잘해주려 노력하는 사람들이 조금만 까칠하게 굴면 '알고 보니 나쁜 놈'이 되는 경우가 많다. 사람들은 익숙하지 않은 상황과 감정을 더 강하게 느끼고 기억하기 때문이다.

그리고 나는 인간관계에 있어서 늘 후자였다. '알고 보면' 까칠한 사람. '알고 보면' 소심한 사람. 이번에도 어림없었다. 나의 착함은 늘 상대방이 자기 좋을 대로 분위기를 만드는 재료가 될 뿐이었다.

착해서 보는 손해가 내부에만 있는 것은 아니었다.

제품 중 일부를 제작해주는 업체에서 갑자기 '생각보다 수

량이 많다'는 이유로 하루아침에 작업을 거절하는 일이 생겼다. 잘 부탁드린다며 음료수도 사서 돌리고 퉁명스러운 사장님의 말에도 웃으면서 대했는데, 그야말로 웃는 얼굴에 침을 맞은 격이었다. 생산 일정에 차질이 생긴 것도 문제지만 내 마음에는 커다란 생채기가 생겼다.

시간은 촉박하고 새로운 업체를 찾아 진행하기에는 무리가 있으니, 결국 발송 예정일까지 직접 밤을 새워가며 재봉틀을 돌리고 제품을 포장하고 발송 작업까지 진행했다.

이 와중에 팀원들은 정해진 것 이외의 일에는 관심이 없는 듯했다. 정말 너무 힘들다고, 도와달라고 말하기에는 그들과 나의 거리가 너무 멀어져 있었다.

그렇게 아지트에서 동이 틀 때까지 혼자 울면서 포장 작업을 하다가 더는 못하겠다 싶어 집까지 비실비실 걸어가는데, 저 멀리 하늘은 곧 해가 뜨려는 듯 밝아져 오고 한 켠에 떠 있는 달은 청명하기 그지없었다. 새벽노을이, 정말 아름다웠다. 내 마음은 이렇게나 엉망진창인데 세상은 이렇게나 고요하고 아름다울 수 있다니.

첫 직장을 도망치듯 나온 이유는 일주일에 적어도 하루는 쉬고 새벽 두 시에는 집에서 잠들어 있고 싶어서였다. 그게 너무 견딜 수 없어서, 그렇게 살고 싶지 않다며 도망쳐놓고 나는 또다시 새벽에 잠들지 못하는 상황에 놓여 있었다.

도망친 곳에 낙원은 없다.
오롯이 혼자 감당해야 할 풍파만 있을 뿐이었다.

나의 일에 관심을 가지고 도와줄 사람은 나 자신 뿐이라는 것을 새삼 깨달았다.

그렇게 정신없이 펀딩은 마무리되었다.
일단 몇 개만 팔아보자며 시작한 펀딩이었는데 예상한 것보다 훨씬 많은 양이 판매되었다. 당연히 수익도 났다. 인생을 반전시킬 정도로 대단한 성공은 아니지만, 이 사업을 지속해도 괜찮겠냐고 물어보면 조금 더 해볼 만하다고 대답할 수 있는 정도였다.

예상대로 팀원들은 펀딩 이후에 이제 그만하겠다는 의사를 전해왔다.
마지막으로 모인 자리에서 다 같이 밥을 먹고 헤어지면서 팀원 중 하나가 또 보자는 말로 작별 인사를 건넸다. 그런데 이상하게도, 그 말을 듣고 보니 다시는 만날 일이 없을 것이라는 확신이 들었다.

서로의 마음에 이미 불편한 감정이 있고 심지어 꼭 만나야 하는 이유가 없는 사람들이 다시 만나기 위해서는, 정말 많은 노력이 필요하다. 그런데 우리는 서로 그래야 할 이유를 찾을 수 없었다. 그저 서로의 앞날을 축복할 뿐이었다.

그런데 그들이 나가고 나니 나 역시 이 일을 지속할 의미를 잃어버리고 말았다. 불화 속에서도 계속 일이 진행되었던 것은 서로가 언제까지 어떤 일을 할지 약속을 하면서 움직이기 때문인데, 이제 약속을 잡을 대상이 없어진 나는 다음으로 해야 할 일을 생각하는 것조차 힘들어졌다.

그렇게 나는 목표를 초과 달성하고도
실패한 사람이 되어버렸다.

나는 이제 어디로 가야 할까. 이렇게 깊은 곳 까지 다다른 적도 없었던 나는 더 심각하게 길을 잃어버리고 말았다.

한 치 앞도 모르겠는 인생

때아닌 조별 과제로 고통받고 있을 때 즈음해서, 슬슬 바빠질 것 같으니 쓰고 있는 글을 마무리하고 작가 양성을 목적으로 운영되는 플랫폼에 작가 신청을 해보았다.

이전에 마케팅 관련 글을 쓰면서 신청했다가 거절받은 적이 있어서 이번에도 잘 안 될 거라 예상하면서 신청을 넣었는데 정말 단박에 통과가 되었다.

새로 글을 기획하고 쓰기에는 당장 여유가 없으니 블로그에 올리던 퇴사 후 이야기들을 조금씩 수정하면서 올려 보았다. 하루에 하나씩 쓰기를 목표로 쓰던 글이라 그런지 어떤 날은 내가 봐도 잘 썼다고 생각되는 글이 있는 반면 어떤 날은 다시 사용하기 참 애매한 글과 그림이 있는 날도 있었다.

기록이란 참 신기하다. 갑자기 떠올리려고 하면 하나도 기억이 나지 않다가 사진이든 글이든 그 순간의 어떤 것을 마주하면 그때의 기억이 선명하게 되살아나곤 한다. 그렇게 과거의 일들을 다시 한 번 상기하면서 하루에 하나씩, 가끔 귀찮으면 빼먹기도 하면서 글 옮기기를 계속하고 있었다.

그런데 이게 어느 날 갑자기, 빵 터져버렸다.

갑자기 좋아요나 댓글 알람이 많아졌다. 유명 포털 사이트

메인에 소개된 모양이다.

사람이 많아지니 좋아요나 댓글의 빈도도 높아졌다. 뭔가 창작에 불이 활활 붙는 느낌이 들면서 더 신경 써서 작업하게 되었다. 그러다가 한참 프로젝트가 바빠지면서 돌보지 못하고 있는데,

정말 뜬금없이 출판사에서 연락이 왔다.

사기꾼이 아닐까. 워낙에 이상한 사람들이 많으니 일단 의심부터 들었다. 내가 돈을 투자하면 자신이 책을 내주겠다는 이상한 제안도 받아본 적이 있었다.

주소를 살펴보니 전 직장 주소와 매우 흡사했다. 전 직장의 누군가가 내 글을 보면서 놀리는 걸까. 조금 더 알아보니 정말 나의 전 직장 길 건너에 있는 출판사였다. 이름은 들어본 출판사였지만 출판계 구조가 어떻게 되어 있는지도 알지 못하는데, 책을 낸다는 것은 생각지도 못한 일이었다.

정말로, 이건 계획에 없던 일이었다.

당황스러웠다.

그리하여 약속을 잡고 출판사를 방문했다.

분명 목요일로 약속을 잡고 갔는데 나와 미팅하기로 한 담당자는 휴가를 갔다고 했다.

참 이상한 사람이라고 생각했다.

다른 사람들도 적잖이 당황하는 눈치였고, 나는 갑자기 부사장님과 면담을 하게 되었다.

그런데 알고 보니 그 주 목요일이 아니라 그 다음 주 목요일이 약속일이었다. 회사를 너무 오랫동안 안 다녀서 날짜가 아니라 요일만 보던 하루살이가 그만 혼자 신나서는 일주일 먼저 찾아간 꼴이었다.

참 이상한 사람이라고 생각하셨겠지.

부사장님은 글에 대해서 칭찬을 해주시면서, 내가 처한 상황에 대한 위로를 먼저 해주셨다. 정말 너무나도 오랜만에 누군가로부터 내가 한 일에 대한 칭찬과 위로를 듣고 있자니 황송하기 그지없었다. 당연히 사무적으로 마감일을 정하고 계약 조건 등등을 이야기하고 올줄 알았는데 예상치 못했던 환대에 정신을 못 차리고 있었다.

한참 대화를 하다가, 부사장님은 책을 내는 일이 기쁘지 않느냐고 물어오셨다. 이게 좋은 일인지 나쁜 일인지 생각도 안 하고 있었다는 사실을 그제야 깨달았다.

어떤 반응을 보여야 하는 걸까.

대답을 머릿속으로 고르고 있자니 이모가 갓 등단한 작가를 만난 이야기를 해준 기억이 떠올랐다.

이모는 외할아버지의 귀농을 돕기 위해 시골 집을 이곳저곳 알아보고 있었다. 그중 한 집주인이 오랫동안 글을 쓰고 있었는데 드디어 등단하게 되었다며 처음 보는 사람 모두에게 자랑하고 있었다고 한다.

얼마나 기분이 좋아 보이던지 이모의 표현으로는 '발이 땅에 안 붙어 있을 정도로' 방방 뛰어다니셨다고. 등단을 하게 되었으니 벽지의 집을 처분하는 것이 아니었을까.

'책을 낸다는 것은 누군가에겐 일생의 소원일 수도 있겠구나'라는 것이 확실하게 각인되는 이야기였다.

무려 그 '등단'이, 국립도서관에 이름을 올리는 일이, 내가 출판사를 찾아간 것도 아니고 출판사에서 직접 연락이 오면서 성사되었는데, 너무 기뻐서 백덤블링을 두 바퀴 돌아도 시원찮을 판국에 침착- 하게 별로 관심 없다는 듯 이야기하는 모습이 신기하셨던 모양이다.

사실은 너무 긴장되어서 그랬던 건데….

그렇게 긍정적인 대화를 나누고 나오는 나에게는 '작가' 타이틀이 붙어 있게 되었다. 사실 아직도 적응되지 않는다. 정말 의도치 않은 일이었는데 그게 참 기뻐해야 하는 일이라니, 살면서 이런 행운이 몇 번 없었던 나는 충분히 기쁘다는 리액션을 하지 못했던 것 같다. 이제부터 연습해야겠다.

어쨌든, 나는 책을 쓰는 사람이 되었다.

퇴사를 하고 나서 나 혼자 슬퍼하든, 우울해서 아무것도 하지 않든, 시간은 정말 야속하게 흐르기만 했는데, 그 시간을 채우기 위해 하던 행동들이 이런 식으로 돌아온 셈이다. 인생사 한 치 앞도 모르게 흘러간다더니, 맨날 고통스럽고 슬픈 일만 밀려오는 것이 아니라 기쁜 일이 생기기도 하는구나.

그게 직장을 다니면서가 아니라 퇴사를 하고 나서 찾아왔다는 사실이 의외였지만 아무려면 어떤가. 좋은 일이 찾아오는 것은 회사를 다니고 있는 것과 아닌 것이 상관없는 일이다.

그래서 아직까지는, 퇴사 후에 오는 것들을 조금 더 지켜보고 있다.

| 인용출처 |

p.18 엠제이 드마코 지음, 신소영 옮김, 《부의 추월차선》, 토트, 2013.
p.102 김언수 지음, 《캐비닛》, 문학동네, 2006.
p.105 천명관 지음, 《나의 삼촌 브루스 리》, 예담, 2012.

회사에서 짤리면
지구가 멸망할 줄 알았는데

초판 1쇄 인쇄일 2019년 08월 28일
초판 1쇄 발행일 2019년 09월 05일

지은이	민경주		
발행인	이승용		
주간	이미숙		
편집기획부	박지영 황세움	**디자인팀**	황아영 한혜주
마케팅부	송영우 김태운	**홍보전략팀**	조은주 김예진
경영지원팀	이루다 이소윤		

발행처 |주|홍익출판사
출판등록번호 제1-568호
출판등록 1987년 12월 1일
주소 [04043]서울 마포구 양화로 78-20(서교동 395-163)
대표전화 02-323-0421 **팩스** 02-337-0569
메일 editor@hongikbooks.com
홈페이지 www.hongikbooks.com

제작처 갑우문화사

ISBN 978-89-7065-732-5 (03810)

이 도서의 국립중앙도서관 출판예정도서목록(CIP)은
서지정보유통지원시스템 홈페이지(http://seoji.nl.go.kr)와
국가자료공동목록시스템(http://www.nl.go.kr/kolisnet)에서 이용하실 수 있습니다.
(CIP제어번호: CIP2019033049)